スラスラ書ける

読書感想文

企画・監修
上條 晴夫
東北福祉大学教育学部教授

小学5・6年生

永岡書店

もくじ

MAP

この本の上手な使い方

おなやみ

- 自分に合う本がわからない。
- 感想文を書くのがとにかく苦手……。

これで解決！

感想文を書く前に―1〜3―

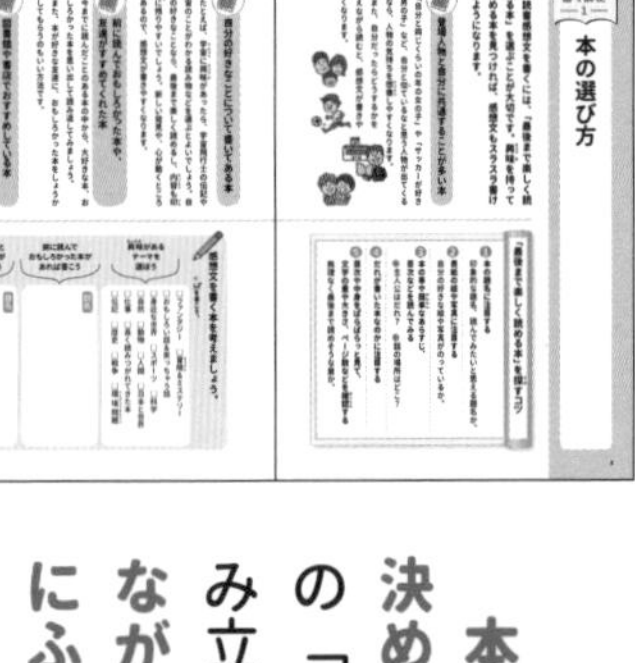

本の探し方を知って、読む本を決めます。それから、読書感想文の「はじめ・なか・おわり」の組み立ての形を覚えます。本を読みながら、「なか」に書きたいことにふせんをはります。

おなやみ

- ほかの人が書いた感想文を読んで、参考にしたい。
- 本のジャンルや種類をもっと知りたい。

これで解決！

作品のしょうかい＋読むためのヒント

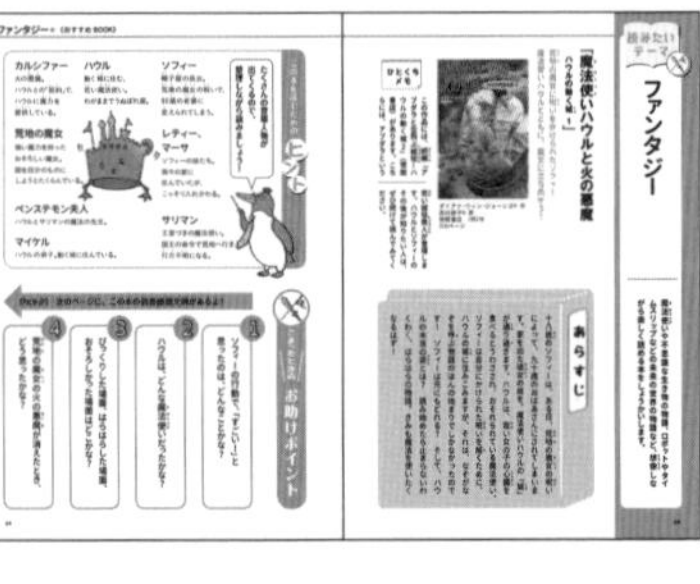

読書感想文の例に取り上げている作品について、あらすじや作文に書くポイントなどを示しています。感想文の例は、このページの内容をもとに書かれているので、書くことに迷ったら合わせて読んでみましょう。

「おなやみ」を解決すれば、感想文がスラスラ書けちゃいますよ！

これで解決!

感想文を書く ―1〜6―

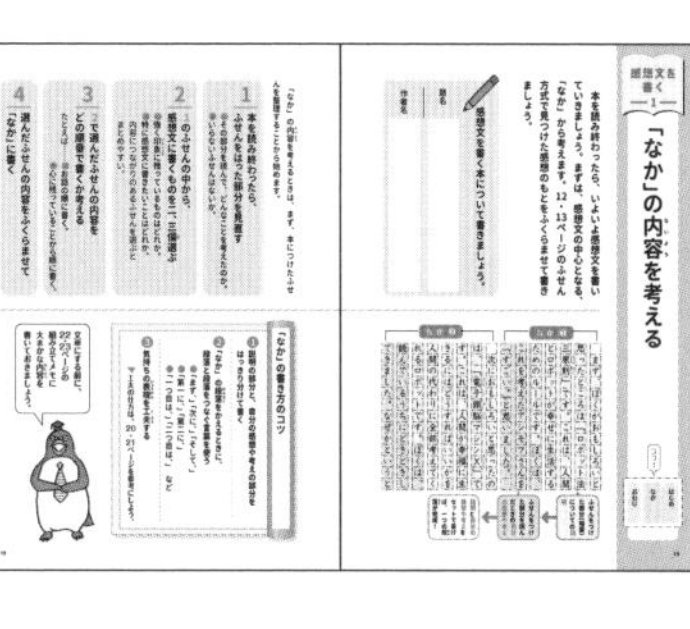

本を読んで、「なか→はじめ→おわり」の順に内容を考えます。実際の感想文の例を見ながらまとめていきます。**組み立てをメモに取っておくと、あとで迷うことが少なくなります。**

これで解決!

感想文を書いたあとに

感想文を書き終わったら、必ず見直しをします。原稿用紙の使い方も正しく覚えましょう。

これで解決!

読書感想文の例

この本には、18作品の感想文の例がのっています。**文章のまとまりごとに「何を」「どんなふうに」書いているかがわかります。**まねして使える文の形や、言葉の使い方の工夫の仕方もしょうかいしています。

これで解決!

おすすめブックガイド

テーマに合ったおすすめの本をしょうかいしています。あらすじとページ数をチェックして、読みたい本を選んでみましょう。

はじめに

東北福祉大学　教育学部教授
上條晴夫（かみじょうはるお）

この本は、小学生のだれにでも読書感想文が書けるように作った本です。本を読んで、自分が気づいたことや考えたことがスラスラ書けるとよいですが、なかなか書けないことが多いです。それは、書き方を知らないから。でも書くコツを知っていればだいじょうぶです。

この本では、次の４つのコツを書きました。

1 **読みたい本を見つけやすくするために、本をたくさんしょうかいしました。**

2 **感想文の文の組み立て方を、図を使ってわかりやすく説明しました。**

3 **感想文を書くための材料集めに、「ふせん」の使い方を教えました。**

4 **感想の文章を、かっこよく書くためのポイントを示（しめ）しました。**

この本の順番で書いていけば、きっと感想文が完成します。がんばって読書感想文を書いてみてください。

【第1章】

読書感想文の書き方

読書感想文の「本の選び方」「本を読むときのコツ」「何をどんな順番で書けばよいか」を説明しています。説明を読みながら書きこめるメモスペースがあるので、このメモを活用しながら感想文を考えていきましょう。

感想文を書く前に 1

本の選び方

読書感想文を書くには、「最後まで楽しく読める本」を選ぶことが大切です。興味を持って読める本を見つければ、感想文もスラスラ書けるようになります。

登場人物と自分に共通することが多い本

「自分と同じくらいの年の女の子」や「サッカーが好きな男の子」など、自分と似ているなと思う人物が出てくる本なら、人物の気持ちを想像しやすくなります。

また、自分だったらどうするかを考えながら読むと、感想文が書きやすくなります。

「最後まで楽しく読める本」を探すコツ

1. **本の題名に注目する**
   印象的な題名、読んでみたいと思える題名か。
2. **表紙の絵や写真に注目する**
   自分の好きな絵や写真がのっているか。
3. **本の帯や簡単なあらすじ、目次などを読んでみる**
   ●主人公はだれ？ ●話の場所はどこ？
4. **だれが書いた本なのかに注目する**
5. **目次や中身をぱらぱらっと見て、文字の量や大きさ、ページ数などを確認する**
   無理なく最後まで読めそうな量か。

自分の好きなことについて書いてある本

たとえば、宇宙に興味があったら、宇宙飛行士の伝記や宇宙のことがわかる読み物などを選ぶとよいでしょう。自分の好きなことなら、最後まで楽しく読めるし、内容も印象に残りやすいでしょう。新しい発見や、心が動くところもあるので、感想文が書きやすくなります。

前に読んでおもしろかった本や、友達がすすめてくれた本

今までに読んだことのある本の中から、大好きな本、おもしろかった本を思い出して読み返してみましょう。

また、本が好きな友達に、おもしろかった本をしょうかいしてもらうのもいい方法です。

図書館や書店でおすすめしている本

図書館の司書＊さんや書店の店員さんに、おすすめの本を聞いてみましょう。「〇〇が出てくる本が読みたい。」「小学生に人気の本は?」などと相談するのもよいでしょう。

＊司書……図書館などで、本の整理、貸し出しなどの仕事をする人。

感想文を書く本を考えましょう。

◀☑を書こう。

興味があるテーマを選ぼう

□ファンタジー　□冒険&ミステリー
□おもしろい話&笑っちゃう話
□身近な世界　□スポーツ　□科学
□自然　□動物　□人間　□日本と世界
□仕事　□長く読みつがれてきた本
□伝記　□歴史　□戦争　□環境問題

前に読んでおもしろかった本があれば書こう

題名

読んでみたいと思っていた本があれば書こう

題名

感想文を書く前に 2

本を読むときのポイント・感想文の組み立て

本を読むときは、「これから感想文を書くんだ！」という気持ちで読みましょう。次の「読むコツ」を意識しながら本を読んでみましょう。気持ちが強く動いたところが感想文のもとになります。

フィクションを読むコツ

フィクションとは、作者の想像によって書かれた物語のことです。
「魔女の宅急便」「かいけつゾロリ」など

❶ **場面の様子を想像しながら読む**

❷ **好きな登場人物を見つけてその人物になりきり、気持ちを想像しながら読む**

感想文の組み立てを確認しておきましょう。感想文は、「はじめ」「なか」「おわり」の三つのまとまりで書きます。「なか」のまとまりは、感想文の中心になる部分なので、いちばん大きなまとまりになるようにしましょう。

【感想文の組み立て】

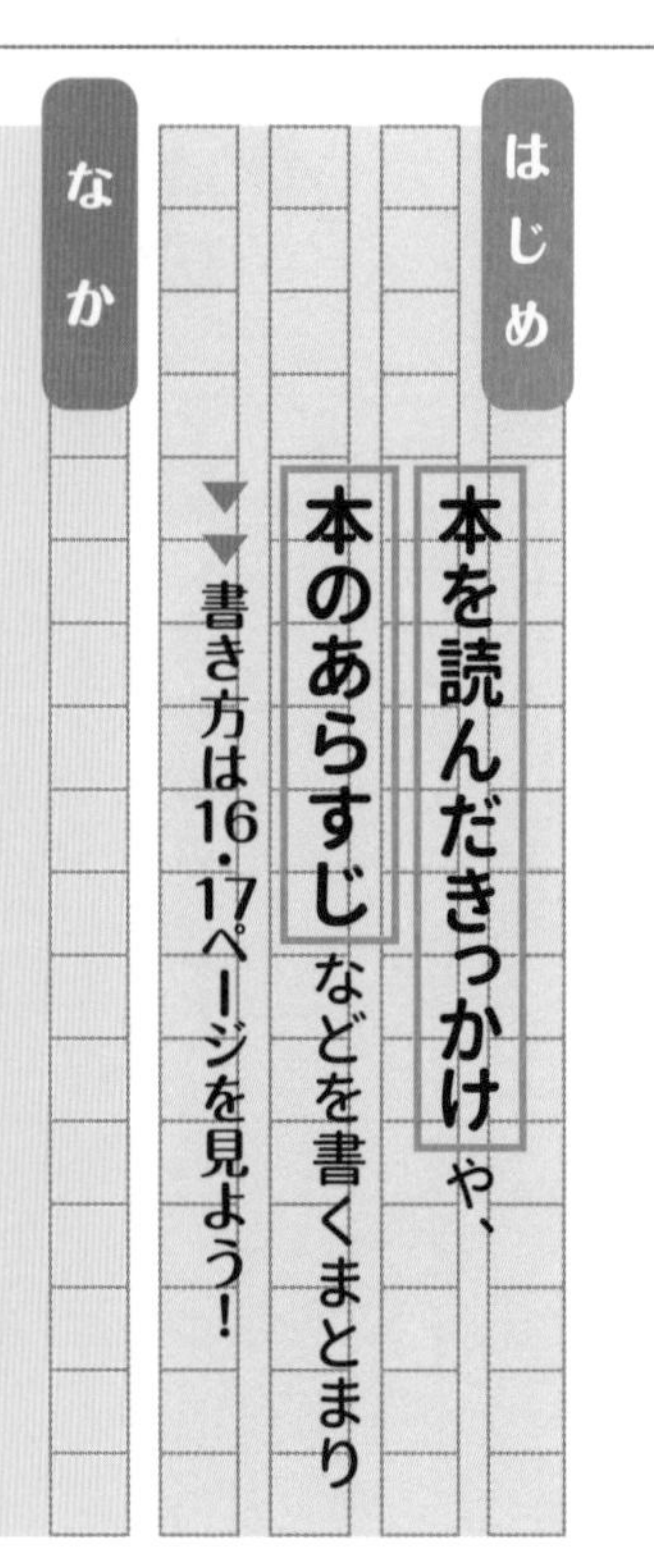

3. 自分が登場人物だったらどうするか、どう思うかを考えて読む

4. 話の中の出来事や人物の体験などを、自分の体験と比べながら読む

ノンフィクションを読むコツ

ノンフィクションとは、科学の読み物や伝記など、本当の出来事が書かれているお話のことです。「ファーブル昆虫記」「手塚治虫の伝記」など

1. いつごろ、どこで、どんなこと、だれのことについての話なのかを理解しながら読む

2. 初めて知ったことに対する気持ちを大事にしながら読む

3. わからないところはないか、考えながら読む

4. 自分の生活や、体験に当てはめながら読む

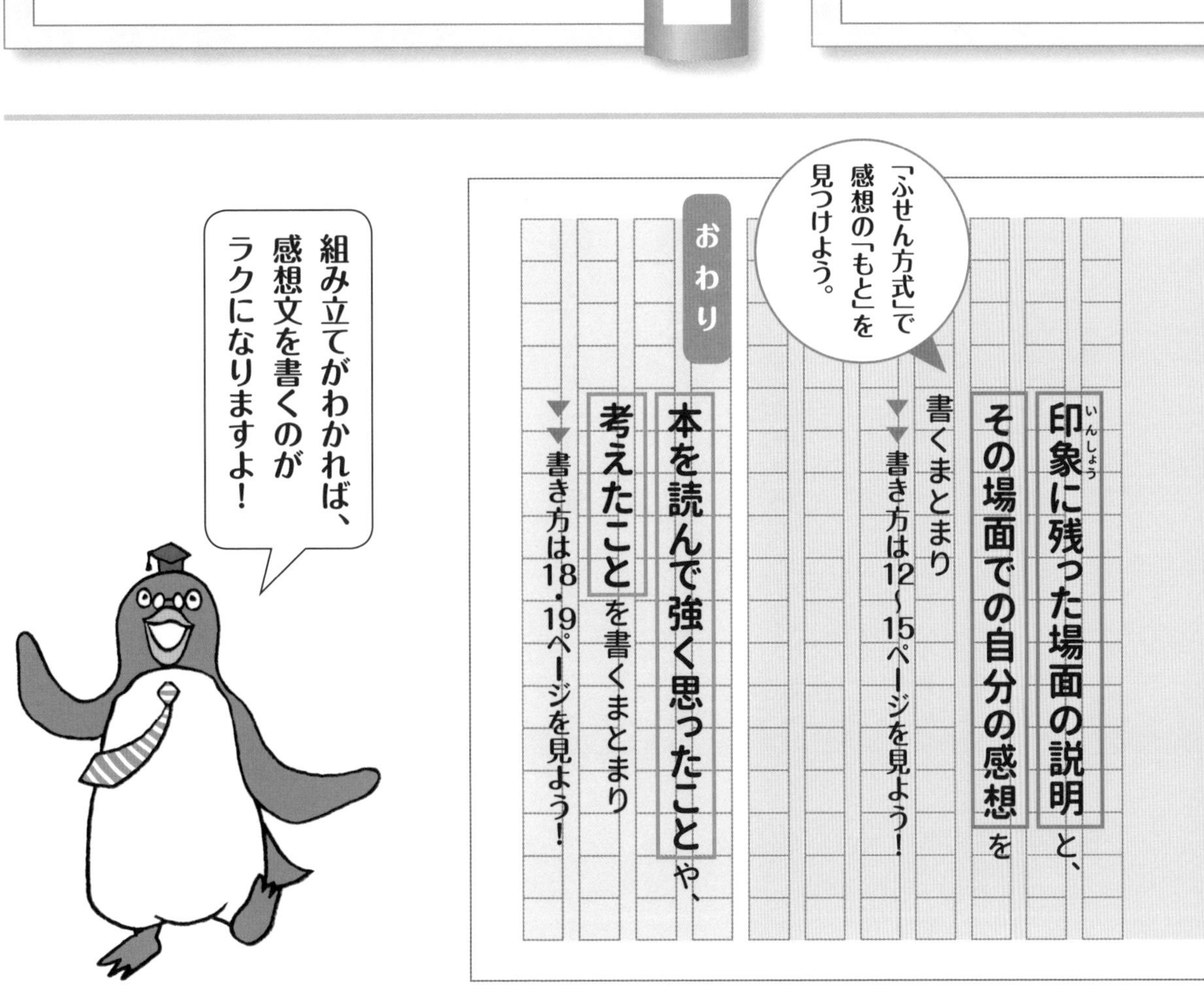

感想文を書く前に 3

「なか」に書くことを「ふせん方式」で見つける

本を読みながら「なか」に書く感想の「もと」を見つけるには、「ふせん」を使うとよいでしょう。心が動いたところにふせんをはって、書きたいことを考えましょう。

ふせんとは？

本にはりつけることができる小さな紙のこと。文房具屋さんなどに売っています。ふせんがないときは、小さく切った紙をしおりのようにはさんで使いましょう。

ふせんの使い方のコツ

1. **使ってもいいふせんは五枚まで**
2. **ふせんを二枚は使う**
3. **一度はったふせんをはり直してもいい**
4. **ふせんに簡単な感想を書いておく**

ふせんは多すぎても少なすぎても使いにくいので、枚数を守って使いましょう。多すぎると感想文がまとめにくくなり、少なすぎると、書くことがなくなってしまいます。

ふせんの使い方

ふせんをはるのは、本を読んだときに感じたことを忘れないようにするためです。ふせんを使えば、あとからそのページを見ても、すぐに本を読んだときの感想を思い出すことができます。

本を読んでいて、思わず笑ったり、「あっ。」と声が出たり、こわくてどきどきしたりするなど、心が動いたところにはりましょう。

ふせんのはりどころ

- 気持ちが強く動いたところ
  「おもしろかった」「悲しかった」「腹が立った」「こわかった」など
- 好きな言葉や場面
- 話の中で大切だと思ったところ
- 作者が伝えようとしていると思うところ
- よくわからなかったところなど

ドキドキ　すごい!!

ふせんの例

おもしろい！

自分だったらどうするかな？

知らなかった！

絶対に許せない！

キキ、がんばれ！

筆者からのメッセージ

こわい!!（＞＿＜）

なぜだろう？

共感できる

自分の目で確かめてみたい

この言葉を忘れてはいけない

こんなふうに絵をかくのもいいよ。

ふせんと鉛筆を用意したら、さっそく本を読み始めましょう！

感想文を書く
1

「なか」の内容を考える

本を読み終わったら、いよいよ感想文を書いていきましょう。まずは、感想文の中心となる、「なか」から考えます。12・13ページのふせん方式で見つけた感想のもとをふくらませて書きましょう。

感想文を書く本について書きましょう。

題名

作者名

なか❶

　まず、ぼくがおもしろいと思ったところは「ロボット法三原則」です。これは、人間とロボットが幸せに生活するためのルールです。ぼくは、これを考えたアシモフさんを「すごい。」と思いました。

なか❷

　次におもしろいと思ったのは、「電子頭脳マシンX」です。これは、人間が幸福に生きるにはどうすればいいかを人間の代わりに全部考えてくれるロボットです。ぼくは、読んでいるうちにどきどきしてきました。なぜかというと

ふせんをつけた部分（場面）についての説明

ふせんをつけた部分を読んだときの自分の感想や考え

説明と自分の感想や考えをセットで書けば、一つの段落が完成！

ココ！

はじめ
なか
おわり

「なか」の内容を考えるときは、まず、本につけたふせんを整理することから始めます。

1

本を読み終わったら、ふせんをはった部分を見直す

●その部分を読んで、どんなことを考えたのか。
●いらないふせんはないか。

2

1のふせんの中から、感想文に書くものを二、三個選ぶ

●強く印象に残っているものはどれか。
●特に感想文に書きたいことはどれか。
内容につながりのあるふせんを選ぶとまとめやすい。

3

2で選んだふせんの内容をどの順番で書くか考える

たとえば……●お話の順に書く。
●心に残っていることから順に書く。

4

選んだふせんの内容をふくらませて「なか」に書く

「なか」の書き方のコツ

① 説明の部分と、自分の感想や考えの部分をはっきり分けて書く

② 「なか」の段落をかえるときに、段落と段落をつなぐ言葉を使う

●「まず、」「次に、」「そして、」
●「第一に、」「第二に、」
●「一つ目は、」「二つ目は、」　など

③ 気持ちの表現を工夫する

▼工夫の仕方は、20・21ページを参考にしよう。

文章にする前に、22・23ページの組み立てメモに大まかな内容を書いておきましょう。

「はじめ」の内容（ないよう）を考える

「はじめ」には、本を読んだきっかけや、本のあらすじなどについて書きましょう。
次の四つのパターンで、書き出しの形を見てみましょう。

パターン1 本を読んだきっかけ

題名・表紙が気に入った

「うそつきロボット」という題名がおもしろいと思ったので、この本を読むことにしました。

パターン3 応用（おうよう）の書き出し

読み終わった直後の感想

この本を読み終わったとき、ぼくが不思議に思っていたことの答えがわかってすっきりしました。

作者・シリーズ本などのしょうかい

「うそつきロボット」の作者のアイザック・アシモフは、ミステリーや、SFなどの小説を書いた有名な作家です。

パターン4 ちがう種類の書き出しを二つ組み合わせて使うこともできる

内容が興味のあるものだった

ぼくは、将来科学者になってロボットを作りたいという夢があります。ロボットに興味があるので、「うそつきロボット」を読みました。

だれかにしょうかいしてもらった

「うそつきロボット」は、親友の田中くんに教えてもらって読みました。

自分との共通点があった

ぼくがロボットのことで不安に思うことが、お話の中にも出てきたのでおもしろそうだと思い、読んでみることにしました。

パターン2 本のしょうかい

本のあらすじ

「うそつきロボット」は、人間の生活の中で活やくするロボットが出てくるお話です。

親友の田中くんに「うそつきロボット」をすすめられて読みました。これは、人間の生活の中で活やくするロボットが出てくるお話です。

パターン1 本を読んだきっかけ

パターン2 本のしょうかい

チャレンジしよう！

もっと個性的な書き出しにするには

❶ **登場人物や作者への呼びかけで書き始める**

「アシモフさんには、未来の世界が見えていたのですか？」

❷ **印象に残った文章や、会話文から書き始める**

使ってみたいパターンを選びましょう。

☑を書こう。

- □ 題名・表紙が気に入った
- □ 内容が興味のあるものだった
- □ だれかにしょうかいしてもらった
- □ 自分との共通点があった
- □ 本のあらすじ
- □ 読み終わった直後の感想
- □ 作者・シリーズ本などのしょうかい

「はじめ」に書きたいことが決まったら、22ページの組み立てメモに書きましょう。

感想文を書く 3

「おわり」の内容を考える

「おわり」には、本を読んで強く感じたこと、考えたことを書きましょう。

次の五つのパターンで、終わり方の形を見てみましょう。

パターン1

本を読んで強く感じたこと

この本を読んで、いちばん強く心に残ったのは、ロボットと人間がいっしょに生活することの大変さです。

パターン4

これからの自分の目標や希望

「うそつきロボット」を読んで、ぼくはますますロボットを作る科学者にあこがれました。これから、科学者を目指してがんばりたいです。

- 「これからは～」
- 「今までは～だったけれど、これからは◯◯しようと思いました。」

などの言葉を使うと書きやすい。

パターン5

違う種類の終わり方を二つを組み合わせて使うこともできる

この本を読んで、いちばん強く心に残ったのは、ロボッ

パターン1 本を読んで強く感じたこと

この本を読んで、ロボットと人間がいっしょに生活をするのは大変だと思いました。

パターン2 登場人物と自分を比べたこと

ロボットと人間を比べてみると、人間のほうが心があるので、いいなあと思います。

●「比べてみると」
などの言葉を使うと書きやすい。

パターン3 作者が伝えたかったこと

作者が伝えたかったことは、人間自身が幸福や平和についてしっかりと考えなければいけないということだと思いました。

●「作者が伝えたかったことは～」
●「この本の大切なことは～」
などの言葉を使うと書きやすい。

トと人間がいっしょに生活することの大変さです。ぼくは、人間もロボットも幸福になるようなロボットを作りたいと思いました。これから、科学者になれるようにがんばりたいです。

パターン4 これからの自分の目標や希望

チャレンジしよう！

もっと個性的な終わり方にするには

❶**登場人物や作者への呼びかけで終わる**
「アシモフさん、こんなおもしろい本をありがとう。」

❷**感想文の読み手への呼びかけで終わる**
「この本は、ロボットが好きな人におすすめです。」

使ってみたいパターンを選びましょう。

◀☑を書こう。

- □ 本を読んで強く感じたこと
- □ 登場人物と自分を比べたこと
- □ 作者が伝えたかったこと
- □ これからの自分の目標や希望

「おわり」に書きたいことが決まったら、23ページの組み立てメモに書いておくのですよ。

感想文を書く 4

気持ちの表現の工夫

気持ちの表現を工夫すると、印象が変わって個性あふれる文章になります。自分の気持ちにぴったり合った表現を考えましょう。

工夫1 気持ちや行動をより具体的に書く

例 おもしろかったです。
↓ 笑いが止まりませんでした。ぼくもいっしょに旅をしている気分になりました。

例 おどろきました。
↓ 思わず「うそっ。」と声を出してしまいました。

例 感動しました。
↓ 自然になみだがあふれてきました。

工夫4 慣用句*を使う

例 おどろきました。
↓ 思わず息をのみました。

例 感動しました。
↓ 心をうばわれました。

例 悲しくなりました。
↓ 身を切られるような思いがしました。

＊慣用句……二つ以上の言葉が組み合わさって、新しい意味をもつようになった決まり文句。

工夫2 ぎ音語・ぎ態語を使う

例 おもしろかったです。
↓ わくわくしました。

例 感動しました。
↓ 胸がジーンとしました。

例 腹が立ちました。
↓ むかむかしてきました。

工夫3 たとえの表現を使う

例 うれしくなりました。
↓ とびはねたいような気持ちになりました。

例 悲しくなりました。
↓ いきなり目の前が真っ暗になったような感じがしました。

例 こわかったです。
↓ 体がこおりついたような気分になりました。

感想文に使いたい表現を〇で囲みましょう。

おもしろい	おどろく	感動する	悲しい	こわい	うれしい	腹が立つ
はらはら・どきどき・わくわく・笑わずにはいられない・思わずふき出してしまう・ゲラゲラ笑う・腹がよじれる・興奮する	ぎょっとする・目を丸くする・こしをぬかす・「わっ。」と声が出る・はっとする・飛び上がりそうになる・かみなりに打たれたよう	心を動かされる・ため息が出る・ジーンとする・胸がいっぱいになる・胸に刻まれる・心をうばわれる	なみだが止まらない・胸をえぐられる・心が痛む・身を切られる・やるせない・胸が苦しい・せつない	ぞっとする・おそろしい・気味が悪い・心がこおりつく・背すじが寒くなる・鳥はだが立つ	うきうき・心がはずむ・胸が高鳴る・にやにやする・自然に笑顔になる・ほっとする・「やったあ。」とさけぶ	むかむか・いらいら・いかりがこみ上げる・頭に血が上る・いかりがおさえきれない

感想文を書く 5

全体の組み立てを考える

組み立てメモを作って、感想文全体のイメージをとらえましょう。組み立てメモがあれば、書く内容や順番に迷わずに感想文が書けます。

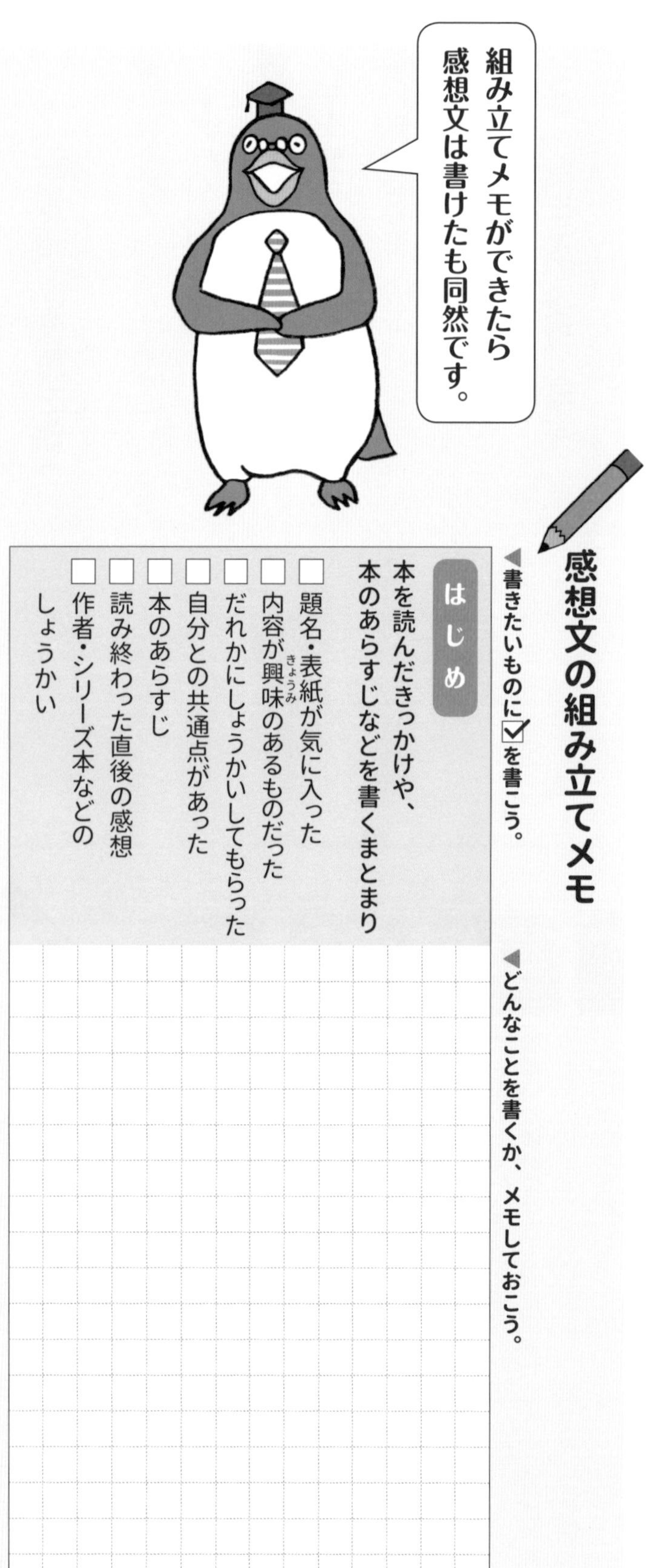

感想文の組み立てメモ

◀書きたいものに☑を書こう。

はじめ

本を読んだきっかけや、本のあらすじなどを書くまとまり

- □ 題名・表紙が気に入った
- □ 内容が興味のあるものだった
- □ だれかにしょうかいしてもらった
- □ 自分との共通点があった
- □ 本のあらすじ
- □ 読み終わった直後の感想
- □ 作者・シリーズ本などのしょうかい

◀どんなことを書くか、メモしておこう。

原稿用紙の使い方を確認して、さっそく感想文を書いてみましょう。

組み立てメモの例

はじめ
本を読んだきっかけや、本のあらすじなどを書くまとまり
- ☐ 題名・表紙が気に入った
- ☑ 内容が興味のあるものだった
- ☐ だれかにしょうかいしてもらった
- ☐ 自分との共通点があった
- ☐ 本のあらすじ
- ☑ 読み終わった直後の感想
- ☐ 作者・シリーズ本などのしょうかい

将来ロボットを作る科学者になりたい。
本の中のロボットたちがヒントをくれた。

なか
印象に残った場面の説明と、その場面での自分の感想を書くまとまり
▶ふせんをはった本のページ数を書こう。
00 ページ
00 ページ
00 ページ

なか❶
「ロボット法三原則」は、現実の世界でも大切。
なか❷
あたえてもらった幸福だから、ありがたさがわからなくなった?
人間の幸福や平和は、人間が作らなくてはならない。

おわり
本を読んで強く思ったことや、考えたことを書くまとまり
- ☐ 本を読んで強く感じたこと
- ☑ 登場人物と自分を比べたこと
- ☑ 作者が伝えたかったこと
- ☑ これからの自分の目標や希望

未来の人間への作者のメッセージがこめられてる。
みんなが幸福になれるロボットを作りたい。

なか
印象に残った場面の説明と、その場面での自分の感想を書くまとまり
▶ふせんをはった本のページ数を書こう。

ページ
ページ
ページ

なか❶

なか❷

おわり
本を読んで強く思ったことや、考えたことを書くまとまり
- ☐ 本を読んで強く感じたこと
- ☐ 登場人物と自分を比べたこと
- ☐ 作者が伝えたかったこと
- ☐ これからの自分の目標や希望

原稿用紙の使い方

原稿用紙の使い方をマスターして、ていねいに書くことを心がけましょう。

みんなが本当に幸福になるために

六年二組　中村和良

　ぼくは将来、人間の生活に役立つロボットを作る発明家や科学者になりたいと思っています。でも、ときどき「ロボットがなんでもやってくれるようになったら、人間は仕事がなくなってしまうし、人間は勉強もしなくなってしまうのではないか。」とか、「いつか人間は、ロボットに支配されてしまうのではな

1 題名、学年、組、名前の順に書く。

2 「題名・名前」と「本文」の間を一行空ける。

3 段落の最初は、一ます空ける。

4 小さな「っ・ゃ・ゅ・ょ」も、一ますに一文字ずつ書く。

5 句読点（。、）や、かぎ（「」）は、一ますに一つずつ書く。

6 句点（。）とかぎ（」）は、同じますに書く。

いか。」と、不安に思うことがあります。
　この本には、人間の生活の中で活やくするロボットが出てきます。この本を読み終わったとき、ぼくは、ロボットたちがぼくの不安を解消するヒントをくれたように感じました。
　ヒントの一つは「ロボット法三原則」です。「ロボットは、人間をきけんな目にあわせてはいけない。」「ロボットは、人間のめいれいにしたがわなくてはいけない。」「ロボットは、じぶんのからだをまもらなければいけない。」

7 段落をかえるときは、一ます空ける。

9 本の文章をそのまま使う（引用する）ときは、「　」を使う。

8 行の最初に「、」や「。」がくるときは、前の行の最後の一ますに文字といっしょに書く。

題名の付け方

●題名はいつ付けるか

感想文を書き終わってから考えましょう。感想文を読み返しながら考えると、思いつきやすくなります。

●どんな題名がいいか

自分の感想文の内容に合うものがよいでしょう。「なか」や「おわり」のまとまりに書いた言葉を見て、題名に使えそうなものがないか考えてみましょう。

思いついた題名や、題名に使いたい言葉を書きましょう。

第2章の感想文例の題名も参考になりますよ。

感想文を書いたあとに

最後に見直しをする

感想文を書いたら、文章を声に出して読み、まちがいがないかを確認しましょう。

次のチェック表で、まちがいがないかを確かめましょう。

最後のチェックも大切ですよ!

読書感想文チェック表

◀できていたら☑を書こう。

文字のまちがい確認

★まちがいは必ず直そう

- □ 字をまちがえたり、字がぬけたりしていないかな?
- □ 一つの文が、だらだらと長くなっていないかな?
- □ 声に出して読んだとき、つかえたところはなかったかな?
- □ 意味のわからないところはなかったかな?
- □ 原稿用紙の使い方はまちがっていないかな?

きらりと光る文章確認

★できたら書き直そう

- □ 「わくわく」などの気持ちを表す言葉を使えたかな?
- □ 「。」を使って自分の気持ちを書けたかな?
- □ 「~のような」などのたとえの言葉を使って、自分の気持ちを書けたかな?
- □ 段落と段落をつなぐ言葉を使えたかな?
- □ 「はじめ」「なか」「おわり」のまとまりを作れたかな?

【第2章】

読書感想文の例＋おすすめブックガイド

18作品についての実際の読書感想文の例と、テーマごとのおすすめの本をしょうかいしています。「ファンタジー」「冒険&ミステリー」「科学」「環境問題」など、たくさんのテーマがあります。興味のあるテーマから、参考にしたい感想文の例や、お気に入りの本を見つけましょう。

読みたいテーマ

ファンタジー

魔法使いや不思議な生き物の物語、ロボットやタイムスリップなどの未来の世界の物語など、想像しながら楽しく読める本をしょうかいします。

『魔法使いハウルと火の悪魔
ハウルの動く城 1』

荒地の魔女に呪いをかけられたソフィー
魔法使いハウルとともに、魔女に立ち向かう！

ダイアナ・ウィン・ジョーンズ●作
西村醇子●訳
徳間書店　1997年
310ページ

ひとくちメモ

この作品には、続編『アブダラと空飛ぶ絨毯―ハウルの動く城2』（徳間書店）があります。こちらには、アブダラという若い絨毯商人が登場します。ハウルとソフィーのその後が知りたい人は、ぜひ続けて読んでみてください。

あらすじ

十八歳のソフィーは、ある日、荒地の魔女の呪いによって、九十歳のおばあさんにされてしまいます。家を出た彼女の前を、魔法使いハウルの「城」が通り過ぎます。ハウルは、若い女の子の心臓を食べるとうわさされ、おそれられている魔法使い。ソフィーは自分にかけられた呪いを解くために、ハウルの城に住みこみますが、それは、なぞがなぞを呼ぶ物語のほんの始まりでしかなかったのです！　ソフィーは元にもどれる？　そして、ハウルの本当の姿とは？　読み始めたら止まらないわくわく、はらはらの物語。きみも魔法を使いたくなるはず！

この本を読むためのヒント

たくさんの登場人物が出てくるので、整理しながら読みましょう！

カルシファー
火の悪魔。ハウルとの「契約」で、ハウルに魔力を提供している。

ハウル
動く城に住む、若い魔法使い。わがままでうぬぼれ屋。

ソフィー
帽子屋の長女。荒地の魔女の呪いで、90歳の老婆に変えられてしまう。

荒地の魔女
強い魔力を持ったおそろしい魔女。国を自分のものにしようとたくらんでいる。

レティー、マーサ
ソフィーの妹たち。別々の家に住んでいたが、こっそり入れかわる。

ペンステモン夫人
ハウルとサリマンの魔法の先生。

サリマン
王室づきの魔法使い。国王の命令で荒地へ行き、行方不明になる。

マイケル
ハウルの弟子。動く城に住んでいる。

チェック！ 次のページに、この本の読書感想文例があるよ！

こまったときのお助けポイント

1. ソフィーの行動で、「すごい！」と思ったのは、どんなことかな？
2. ハウルは、どんな魔法使いだったかな？
3. びっくりした場面、はらはらした場面、おそろしかった場面はどこかな？
4. 荒地の魔女の火の悪魔が消えたとき、どう思ったかな？

原稿用紙3枚

読書感想文 例

『魔法使いハウルと火の悪魔』の感想文

魔法となぞがいっぱい！

六年一組　坂本ほのか

　この本は、アニメ映画の原作になったとても有名な作品です。友達が、その映画を見ておもしろかったと言っていたので、わたしはまず原作から読んでみようと思いました。

　これは、荒地の魔女に呪いをかけられ、九十歳のおばあさんに変えられてしまったソフィーが、呪いを解くために魔法使いハウルの城に住みこむという物語です。いろいろな登場人物が出てきて、不思議なことやおそろしいことが次から次へと起こります。

はじめパターン

興味のある内容 ＋ あらすじ

この本を読むことにしたきっかけを説明してから、物語のあらすじを書いている。

使えるワザ！

「これは、～物語です。」という言い方を使うと、本の内容を説明する文が書ける。

帽子屋の長女ソフィーは、ある日店にやって来た荒地の魔女に突然呪いをかけられます。荒地の魔女はソフィーに、「荒地の魔女にはりあおうとする者がいたら、ほうっておかないのがあたくしの方針」と言って呪いをかけるのですが、ソフィーにはどういうことなのかわかりません。わたしも、どうしてソフィーに呪いがかけられたのか不思議でした。帽子屋の評判を聞いた魔女が、たまたま店にいた若い女の子にいじわるをしてやろうと考えたのかなと思いました。読み進んでいってもなかなかこのなぞが解けないので、もしかしたらソフィーはこのままずっとおばあさんの姿でいなければいけないのかなと心配になってきました。でも、その

自分の気持ちを書こう

なか ❶ 気になったところ

印象に残った場面について、「だれが」「どうした」がわかるように説明している。

使えるワザ！

印象に残った登場人物の言葉を引用すると、場面の内容がわかりやすくなる。

（引用……本に書いてある文章をそのまま使うこと。）

なか ❶ 自分の考え

印象に残った場面について、自分が思ったことを書いている。そして、話の流れにそって、自分の気持ちがどのように変化していったかをくわしく説明している。

なぞがやっと解けました。なんとソフィーは、美しい妹のレティーとまちがえられて呪いをかけられてしまったのです。わたしはソフィーがかわいそうで、早く元にもどってほしいと強く思いました。だから、最後に火の悪魔をやっつけた場面で、ソフィーが元にもどったのがわかったとき、わたしはうれしくて、心の中で「やった。とうとうソフィーが元にもどった!」と、さけんでいました。

　また、ハウルの城の中にいたカルシファーとハウルとの契約も、大きななぞの一つでした。カルシファーは、この契約を破ってほしいとソフィーにたのみますが、契約の内容は自分から話してはいけないことになっていました。わたしは、カルシファーとハウルがど

使えるワザ!

『うれしくて、心の中で「〜。」と言いました。』という言い方を使うと、「うれしくなりました。」とだけ書くよりも、気持ちをくわしく伝えることができる。

なか❷ 気になったところ

印象に残った出来事について、「だれが」「どうした」がわかるように説明している。

自分の気持ちを書こう

んな契約をしたのか早く知りたくて、どきどきしました。でも、このなぞもなかなか解けないので、とてもじれったかったです。そして、その契約の内容がわかったとき、わたしはもっとどきどきしてきました。なぜなら、その契約は、カルシファーがハウルに魔力を提供する代わりに、ハウルはカルシファーに心臓をあずける、という内容だったからです。この契約が破られたら、ハウルもカルシファーも城も、いったいどうなってしまうんだろうと考えたら、結末を知りたいような、知るのがこわいような、不思議な気持ちになりました。

　この物語には、ほかにもたくさんのなぞがつまっています。なぞが解けたと思うとまた別のなぞが出てくるので、最後まではらはらどきどきしながら読めておもしろかったです。

なか❷

自分の考え

印象に残った出来事について、自分が思ったことを書いている。そして、話の流れにそって、自分の気持ちがどのように変化していったか、どうしてそう思ったのかをくわしく説明している。

◎使えるワザ！

「なぜなら、～からです。」という言い方を使うと、理由を説明する文が書ける。

おわりパターン

本を読んで強く感じたこと

この本を読んで、特に印象に残ったこと、また読んでいてどんな気持ちになったかを書いている。

『うそつきロボット』

人間とロボットがともに暮らす、未来の世界
そこで起こる、おかしな事件の原因とは？

アイザック・アシモフ●作
小尾芙佐●訳　山田卓司●絵
岩崎書店　2003年　151ページ

ひとくちメモ

アイザック・アシモフさん（一九二〇～一九九二）が一九五〇年に発表した『われはロボット』の中の四編を、児童向けにほん訳したものです。アシモフさんは、ずっと昔から、優れた知能を持つロボットが人間とともに暮らす世界を考え出していたのですね。そんな未来はもうすぐです。

「ロボット法三原則」は、その後の実際のロボット工学にも、えいきょうをあたえたと言われているんですよ。

あらすじ

優れた知能を持つロボット、ハービィには、なぜか人間の心を読む力がそなわっていました。調査を始めた博士たちは、ハービィがうそをつくことを知り、さらにおどろきます。ハービィはなぜうそをつくのでしょうか？　実は、ハービィは「ロボット法三原則」に従っていたのです。このほかに、子どもの相手をするロボットの話や人間が行けない所で働くロボットの話など、四編が収められています。ロボットと人間はどんな関係を作るのでしょう？　ロボットの時代が実現したときの問題や便利さなど、おかしな事件を追いかけながら、その原因を考えてみましょう。

この本を読むためのヒント

ロボット法三原則

第一条　ロボットは、人間をきけんな目にあわせてはいけない。

第二条　ロボットは、人間のめいれいにしたがわなくてはいけない。

第三条　ロボットは、じぶんのからだをまもらなければいけない。

（本文より）

チェック！　次のページに、この本の読書感想文例があるよ！

こまったときのお助けポイント

1. 実際にあったらいいなと思ったのは、どのロボットかな？
2. 「ロボット法三原則」についてどう思ったかな？
3. この本に登場するような、優れたロボットが実際に作られたら、人間の生活はどのようになると思うかな？
4. 作者は、この作品を通してどのようなことを伝えたかったのかな？

読書感想文
例

『うそつきロボット』の感想文

原稿用紙3枚

みんなが本当に幸福になるために

六年二組　中村　和良

　ぼくは将来、人間の生活に役立つロボットを作る発明家や科学者になりたいと思っています。でも、ときどき「ロボットがなんでもやってくれるようになったら、人間は仕事がなくなってしまうし、人間は勉強もしなくなってしまうのではないか。」とか、「いつか人間は、ロボットに支配されてしまうのではないか。」と、不安に思うことがあります。

　この本には、人間の生活の中で活やくするロボットが出てきます。この本を読み終わっ

はじめパターン

興味のある内容＋読み終わった直後の感想

まず、自分が興味・関心を持っていることについて書き、それを本の内容と関連づけている。また、読み終わったときに自分が思ったことを書いている。

たとき、ぼくは、ロボットたちがぼくの不安を解消するヒントをくれたように感じました。

ヒントの一つは「ロボット法三原則」です。「ロボットは、人間をきけんな目にあわせてはいけない。」「ロボットは、人間のめいれいにしたがわなくてはいけない。」「ロボットは、じぶんのからだをまもらなければいけない。」という規則で、この本に出てくるロボットは、これを必ず守るように作られています。そのために、物語の中ではいろいろな事件が起こります。でも、この規則の内容は、実際にロボットを作るときにも考えなくてはいけない大切なことだと思います。技術が進歩して、どんなことでもできるロボットが作られるようになれば、ロボットが犯罪や戦争に使われ

使えるワザ！

「この本を読み終わったとき、ぼくは、～と思いました。」という言い方を使うと、本を読んだ直後の感想を伝える文が書ける。

なか❶ 気になったところ

印象に残った内容について、特に重要だと思った部分をくわしく説明している。

自分の気持ちを書こう

なか❶ 自分の考え

印象に残った内容について、実際の生活のことと結び付けて考えたことを書いている。

てしまうかもしれません。でも、このような規則があれば、それを防ぐことができるはずです。だから、現実の社会でも、こんな規則がきちんと作られればいいなと思いました。ただ、本の中のような事件が起こらないように、人間は、ロボットをどんなふうに役立てるのかをじゅうぶん考えて、ロボットを作らなければいけないと思います。

　二つ目のヒントは「電子頭脳マシンX」という話に出てくるマシンXというロボットです。マシンXは、人間が幸福に暮らすにはどうすればよいかを考え、必ず正しい答えを出してくれます。そのおかげで世界は幸福で平和になりますが、みんながマシンXの言うことを聞くので、人間がロボットのどれいにな

使えるワザ！

「二つ目は〜。」という言い方を使って、段落と段落をうまくつないでいる。

なか❷

気になったところ

印象に残った場面について、「だれが」「どうした」、また「どうなった」を、話の流れにそってわかりやすく説明している。

自分の気持ちを書こう

ってしまうと考える人が出てきます。ぼくは、あたえてもらった幸福だから、そのありがたさがわからなくなってしまったのかなと思いました。だから、人間の幸福や平和は、人間自身が考えて作らなくてはいけないと思いました。人間が考え、ロボットにはそれを実行する手助けをしてもらえばいいと思います。

　作者は、将来ロボットを作る科学技術が進歩していくことを予測して、そのとき人間が考えなくてはいけないことを伝えるために、これらの物語を書いたのだと思います。それは、「人間自身が人間の幸福や平和について考えなくなったら、どんな技術も本当に人間のために役立てることはできない。」ということではないかと思います。ぼくは、このことを決して忘れずに、みんなが本当に幸福になれるようなロボットを作りたいと思います。

なか❷

自分の考え

印象に残った場面について考えたことを書き、さらに発展させて、自分の考えを述べている。

◎ 使えるワザ!

「作者は、～を伝えるために、この物語を書いたのだと思います。」という言い方を使うと、作者が伝えたかったこと(主題)について書くことができる。

おわりパターン

作者が伝えたかったこと ＋ これからどうしたいか

この本の主題について、自分が考えたことを書いている。さらに、自分がこれからどうしたいかという目標を書いている。

▼魔女・魔法▲

黒魔女さんが通る!!
チョコ、デビューするの巻

石崎洋司●作　藤田香●絵
講談社青い鳥文庫　2005年
224ページ

オカルト好きのチョコがまちがって呼び出したのは、黒魔女インストラクターのギュービッドさんだった!?　この日からチョコの黒魔女への修業が始まります。自己中のメグ、学級委員の一路舞、天然の百合、エロエース、ギュービッドなど、個性の強い登場人物の中で、きみはだれのどんなところが好きで、楽しいと思いましたか?

▼不思議な生き物▲

竜の騎士

昔、銀色の竜たちがすむ山がありました。ダム建設のため、その山が人間にうばわれそうになっていることを知った竜と少年たちが、仲間を集めて竜たちの故郷「空の果て」を探しに行く冒険記。力を合わせて敵に立ち向かう個性的な登場人物と、自分の仲間を比べてみましょう。

コルネーリア・フンケ●著
細井直子●訳
WAVE出版　2003年
574ページ

▼魔女・魔法▲

ナルニア国物語
ライオンと魔女

古い衣装だんすの中に入った四人兄弟は、ナルニア国という別世界に行ってしまいます。エドマンドを救うためのライオン・アスランの決断とは?　どうして四人兄弟はここまで勇かんに戦うことができたのでしょう?

C・S・ルイス●作
瀬田貞二●訳
岩波書店　2005年
236ページ

▼不思議な生き物▲

砂の妖精

田舎の一軒家にこしてきた兄妹たちは、砂の妖精〝サミアド〟と出会います。サミアドは、一日一回願い事をかなえてくれるというのですが…。子どもたちの願い事は、なぜいつもとんでもない結果を招くのでしょう?

E・ネズビット●作
石井桃子●訳
H・R・ミラー●画
福音館書店
1991年
352ページ

▼魔女・魔法▲

魔法の庭へ

内気な少女ナナミは、妖精郷のくるってしまった時間を直すため、魔女になることを決意します。しかし、そのためには〈魔法の庭〉を見つけなければいけないといいます。〈魔法の庭〉とは何なのでしょうか?

日向理恵子●作
三角芳子●絵
童心社　2010年
256ページ

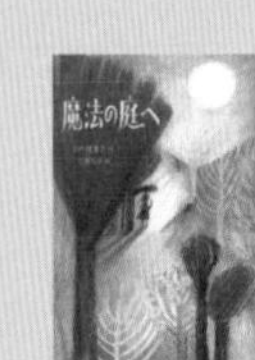

▼不思議な生き物▲

テラビシアにかける橋

貧しい少年ジェシーは、となりに引っこして来た風変わりな少女レスリーと、森の中に二人だけの秘密の場所「テラビシア」をつくります。二人はどのように悪と立ち向かう勇気や生きていく力を身につけたのでしょう?

キャサリン・パターソン●作
岡本浜江●訳
偕成社　2007年
256ページ

▼未来・SF▲

ホウ博士とロボットのいる町

松村美樹子●作　江川智穂●絵
ポプラ社　2001年　175ページ

ホウ博士は、だれにも心を開かず、たったひとりで研究に熱中する生活を送っています。それが、ちょっと風変わりなロボットをつくり続けるうちに、町の人々と出会い、博士の気持ちは少しずつ変わってきます。ホウ博士の心はどのように変化したのでしょう。また、博士が心を閉ざしていた理由は何だったのでしょうか?

▼未来・SF▲

トムは真夜中の庭で

トムが真夜中に十三回も打つ大時計のあるホールに行くと、そこには昼間にはない庭園が…。トムはそこで少女ハティと出会います。不思議な「時」の体験をしたトムとハティとの関係はどのようなものだったのでしょう?

フィリパ・ピアス●作
高杉一郎●訳
岩波書店
1967年
306ページ

▼未来・SF▲

時をかける少女

放課後の理科実験室で聞いたガラスの割れる音、ただようあまいかおり…。気を失っていた和子が目を覚ますと、時間をめぐる不思議なことが起こり始め…。もし和子のような体験をしたら、きみはどうしますか?

筒井康隆●著
いとうのいぢ●絵
KADOKAWA／
角川つばさ文庫
2009年
158ページ

▼未来・SF▲

アルバートおじさんの時間と空間の旅

ゲダンケンの将来の夢は科学者。おじである、有名な科学者アルバートおじさんに、宇宙船に乗って光を追いかけるようけしかけられました。アインシュタインの偉大な発見、相対性理論。さて、どんな理論だったのでしょう?

ラッセル・スタナード●作
岡田好惠●訳　平野恵理子●絵
くもん出版　1996年　208ページ

▼未来・SF▲

時の旅人

イギリスの古い農場で暮らすようになったペネロピーはある日、十六世紀にタイムスリップし、歴史上の大事件に巻きこまれます。時をこえた冒険の中で成長していくペネロピーの姿に、きみは何を感じるでしょう?

アリソン・アトリー●作
松野正子●訳
岩波少年文庫
2000年
452ページ

▼未来・SF▲

時の町の伝説

ヴィヴィアンは不思議な少年にさらわれ、歴史の流れから切りはなされた「時の町」に行くことに。その上、「時の奥方」だと誤解されて…。ヴィヴィアンは、なぜ「時の奥方」とまちがわれてしまったのでしょうか?

ダイアナ・ウィン・ジョーンズ●著
佐竹美保●絵
田中薫子●訳
徳間書店　2004年
417ページ

▼未来・SF▲

ねらわれた星

地球上の人間にこうげきをはじめた異星人。ある日突然、現れた底なしの穴。バーでお客の相手をする美人ロボット。現実にはなさそうな話だけど、「人間」について考えさせられるSF短編集です。どの話が印象的だったでしょう?

星新一●作
和田誠●絵
理論社　2001年
199ページ

読みたいテーマ

冒険＆ミステリー

はらはらどきどきの冒険物語や探偵物語、背筋がゾーッとするようなゆうれいの物語など、夢中になって読める本をしょうかいします。

『裏庭』

「世界の外に、たった一人取り残されている」孤独な思いをかかえた少女の冒険が始まる！

梨木香歩●作
理論社　1996年
324ページ

あらすじ

昔、イギリス人の家族が住んでいた屋敷には秘密がありました。ある日、照美はその屋敷の中で鏡を見つけます。それは、秘密の世界の入り口で…。

偶然、秘密の世界に入ってしまう照美に、どんなできごとが待っていたのでしょう。そして、冒険の最後に照美に見えてきたものとは？

こまったときのお助けポイント

1. 主人公の照美と自分を比べてみよう。にているところ、ちがうところがあるかな？
2. 照美のしたことで、「すごい！」と思ったところはあったかな？
3. 冒険を始める前の照美と帰ってきた照美は、どんなところがちがっていると思うかな？
4. 裏庭とは、何だったのかな？ きみは裏庭についてどんなことを考えたかな？

原稿用紙3枚

読書感想文例

『裏庭』の感想文

心の中の冒険

六年一組　森　夏希

「裏庭」は、主人公の女の子が、現実ではない世界にまよいこんで冒険をするお話だ。

わたしは、ファンタジーや冒険ものが大好きなので、この本を見つけたとき自分にぴったりだと思い読むことにした。

主人公の照美が冒険をするのは、バーンズ屋敷の裏庭の世界だ。バーンズ家の人々が代代手入れをしてきた庭だけど、現実の庭じゃない。屋敷の大鏡を通りぬけて入る不思議な世界だ。次から次へと出てくるその世界の住

はじめパターン

興味のある内容 ＋ あらすじ

ファンタジーや冒険物語に興味を持っていたという、本を読んだきっかけを一つ目の段落に書いている。二つ目の段落で、物語の舞台がどんな所かがわかるように説明している。

使えるワザ！

「はじめ」で物語の舞台となる場所の説明をすると、わかりやすい感想文になる。

人も変な生き物ばかりだ。
　照美は、現実世界で「自分は親の役に立っていない。自分はいつも世界の外に一人でいる。」という気持ちを持っている女の子だ。照美のお父さんとお母さんは、レストランの仕事がいそがしくて、照美は家に一人でいることが多かったし、照美からもお父さんとお母さんに素直にあまえられないみたいだ。かわいそうだなと思った。わたしは、そんな気持ちになったことがない。だから、もし照美がわたしの友達だったら、はげましてあげたくても、どうすればいいのかわからないなと思った。
　そんな照美は、裏庭の世界で、ばらばらになった竜の骨を元にもどすという大事な仕事

自分の気持ちを書こう

なか①　気になったところ
主人公について、「どんな性格なのか」「どんなことを考えているのか」がわかるように書いている。

なか①　自分の考え
主人公の性格について思ったことを書いている。

使えるワザ！
「もし〜だったら、」の言い方で立場を変えて考えてみると、感想を書きやすくなる。

をしないといけなかった。そうしないと、現実世界にもどれないし、裏庭の世界がこわれてしまうからだ。そんな重大な役目があるのに、照美は、「自分は主役じゃない。自分の世界なんてない。」と現実世界と同じようなことを思っている。わたしは最初少しだけいらいらした。照美は裏庭の世界を守るためにがんばっているのに、主役じゃないなんて、どうしてそんなことを言うんだろうと思ったからだ。でも、照美の自分に自信が持てない気持ちがわかったら、応えんしたい気持ちになった。

自分の気持ちを書こう

　そして、三つの町で出会った三人のおばばから、照美はこんなことを言われる。

「傷を恐れるでないぞ」

なか②　気になったところ

心に残った場面について、「だれが」「どうする」「どんなことを思っている」がわかるように説明している。

なか②　自分の考え

心に残った場面を読んだときの最初の気持ちと、主人公の気持ちがわかってから思ったことを書いている。**「でも」**を使うと、気持ちの変化を書きやすい。

なか③　気になったところ

印象に残った会話文を「　」を使ってそのまま書いている。

自分の気持ちを書こう

「自分の傷に、自分自身をのっとられてはならないよ」
「傷を、大事に育んでいくことじゃ。」
最初、傷の意味がわからなかった。でも、読んでいくうちに照美の自分に自信が持てないという気持ちのことかもしれないと思った。傷に当てはめておばばたちの言葉を読んでみたら、なんとなく言っていることがわかるような気がした。

　読み終わって、わたしは「裏庭」のことを考えてみた。レイチェルは、「死に近い場所」と言ったけど、わたしは裏庭に入った人の心の中じゃないかなと思う。照美は、自分の心の中を冒険して、自分のいいところや悪いところに気づいて帰ってきた。照美は自分に自信を持ってほしいな。そんな照美に「おかえりなさい！」と言ってあげたい。

なか③

自分の考え

「**最初、〜。でも、…。**」を使って、自分の気持ちの変化を説明している。

おわりパターン

作者が伝えたかったこと

物語のテーマにつながることがらについて、登場人物の言ったことと比べながら自分の考えを書いている。

使えるワザ！

主人公に呼びかけて終わるまとめ方をすると、印象的な感想文になる。

『そして五人がいなくなる ―名探偵夢水清志郎事件ノート―』

「名探偵」夢水清志郎登場！
それにしても、この人ホントに「名探偵」？

はやみねかおる●作　村田四郎●絵
講談社青い鳥文庫　1994年
276ページ

あらすじ

夢水清志郎は名探偵。自分でそう言っているところがかなりあやしい。そんな清志郎の前に「伯爵」と名乗る怪人が現れ、天才児四人を次々に消してしまった！　そして最後に消えたのは…。読みながら、きみが清志郎より先に事件を解決してみましょう。ヒントはいろいろなところにかくれていますよ！

チェック！　次のページに、この本の読書感想文例があるよ！

こまったときのお助けポイント

1. 夢水清志郎は、どんな人物だったかな？
2. 四人の子どもが消えたとき、きみはどんなことを考えたかな？
3. 事件をいつまでも解決しようとしない夢水清志郎の様子を、どう思ったかな？
4. 事件のなぞがすべて解けたとき、きみはどう思ったかな？

原稿用紙2枚

読書感想文 例

『そして五人がいなくなる』の感想文

夢水さんは名探偵？

六年二組　宮田　真紀

　わたしは、推理小説が大好きです。シャーロックホームズのシリーズや赤川次郎のミステリーも読んだことがあります。わたしは、この本の題名を見ただけで、これはおもしろそうだなと思いました。そして、さっそく読み始めたのですが、この本は、わたしが今まで読んだ推理小説とは少しちがっていました。
　まず第一に、夢水清志郎が、本当に名探偵なのかなと疑いたくなるほど不まじめなのです。「ぼくが求めてる犯罪はね、芸術とロマ

はじめパターン

興味のある内容

この本を読むことにしたきっかけについて、自分が好きなもののことや、題名を見て思ったことを書いて説明している。

使えるワザ！

同じことについていくつかならべて書くときは、それぞれの段落の初めに「まず第一に」「第二に」という言葉をつけると、わかりやすくなる。

自分の気持ちを書こう

ンの香りがする、知的な犯罪なんだ。」なんて、まるでおもしろい事件が起こるのを待っているようなことを言って、ゴロゴロしています。

わたしは、こんな人が事件を解決できるのかなあと思いました。でも、最後には本当にこの夢水さんが、あっという間になぞ解きをしてしまうのです。何も考えていないようで、実はすべてお見通しだったなんて、ちょっとにくたらしいけれど、かっこいいなあと思いました。

第二に、事件は解決したけれど、犯人は逮捕されないというのも、この物語の変わっているところです。伯爵に消されてしまった四人の子どもたちは無事家に帰り、伯爵の正体も遊園地のオーナーの小村さんだとわかった

なか①　気になったところ

登場人物について印象に残ったことを、その登場人物の言葉や様子を書いて説明している。

なか①　自分の考え

印象に残った登場人物に対して自分が最初に思ったことを書いてから、その気持ちが物語を読んでどう変わったかを説明している。

なか②　気になったところ

印象に残った場面について、「だれが」「どうした」がわかるように説明している。

自分の気持ちを書こう

のに、小村さんは逮捕されません。実は、小村さんは、ほかの子どもと同じように楽しい夏休みを過ごしたいという四人の願いをかなえるために、四人を消したのです。だから夢水さんも、小村さんを警察に引きわたさなかったのです。

わたしは、なぞが解けてすっきりしたのと同時に、「なんだか、ちょっといい事件だったな。」なんて思ってしまいました。

わたしは、この本を読んで、夢水さんのファンになりました。ふだんはたよりないけれど、いざという時にはばっちり活やくする夢水さんは、たしかに名探偵だと思いました。

使えるワザ！
思ったことを、「 。」を使って話すように書くと、気持ちを具体的に伝えることができる。

なか❷
自分の考え
印象に残った場面について、自分が思ったことを「 。」を使って具体的に書いている。

おわりパターン
本を読んで強く感じたこと
印象に残った登場人物について、特に強く感じたことを書いている。

▼冒険・探検▲

はてしない物語

物語の中へもしも入りこんでしまったら…
現実と物語が交差する壮絶なファンタジー

ミヒャエル・エンデ●作
上田真而子、佐藤真理子●訳
岩波書店　1982年　590ページ

運動が苦手で臆病な少年バスチアンは、ある日一冊の本に出会います。「はてしない物語」を読むうちに、本の中の少年アトレーユに出会い、冒険に巻きこまれていきます。

もし、自分がバスチアンになって本の世界、ファンタージエン国を冒険したら、どうなるのか想像してみましょう。

▼冒険・探検▲

精霊の守り人

新ヨゴ皇国の第二皇子、チャグムの用心棒をたのまれたバルサ。実はチャグムは水の精霊にたまごを産みつけられ、精霊の守り人としての運命を背負わされていたのです。チャグムとバルサの二人は、どのような人物としてえがかれているでしょう？

上橋菜穂子●著
新潮文庫　2007年
360ページ

▼冒険・探検▲

トム・ソーヤーの冒険（新装版）

わんぱく少年トムが、相棒ハックルベリや少女ベッキーとさまざまな冒険をくり広げます。海賊ごっこや宝探しなど、きみはどの冒険がいちばん楽しかったかな？　ワクワクしたところを中心に書いてみましょう。

マーク・トウェーン●著
飯島淳秀●訳
にしけいこ●絵
講談社青い鳥文庫
2012年
296ページ

▼冒険・探検▲

ぼくらの七日間戦争

夏休み前日、東京下町の中学校の一年二組の男子生徒が突然、姿を消します。かれらは河川敷の廃工場に立てこもり、規則で自分たちをおさえつける大人たちに反乱を起こしたのです。果たして、戦いの結末は⁉

宗田理●著
はしもとしん●絵
KADOKAWA／角川つばさ文庫
2009年
390ページ

▼冒険・探検▲

新訳　十五少年漂流記

十五人の少年を乗せた船があらしにあい、無人島に流れ着きます。少年たちは島に名前をつけ、生活を始めます。仲間と協力して困難に立ち向かう姿に、きみは何を思いましたか？

ジュール・ベルヌ●作
番由美子●訳
けーしん●絵
KADOKAWA／角川つばさ文庫
2018年
231ページ

▼推理▲

名探偵カッレくん

エイナルおじさんのあやしい行動からそう査を始めたカッレくんは、宝石窃盗団にせまりますが、アンデス、エーヴァ・ロッタとともに地下室に閉じこめられることに！　きみもカッレくんになったつもりでいっしょに推理して、自分の考えを書いてみましょう。また、カッレくんのすごいところやおもしろいところもぬき出してみましょう。

アストリッド・リンドグレーン●作
尾崎義●訳
岩波書店　1965年
232ページ

▼ホラー▲

怪談

死んだ前妻が後妻を殺してしまう「やぶられた約束」や、平家の亡霊に耳を切り取られてしまう「耳なし芳一」など、日本に古くから伝わる怪奇物語を集めています。きみはいくつの物語を知っていたかな？　どの物語がいちばんおそろしかったか、どんな表現がよりこわく感じたのか、気になるところをぬき出してみましょう。

小泉八雲●作
平井呈一●訳
偕成社　1991年
254ページ

▼推理▲

謎の三角海域

双子探偵ジーク&ジェン5

魔物がすむというポセイドン三角海域で、きみょうな船が目げきされます。はたしてあれはゆうれい船なのか？　ジークとジェンはどのようにして事件を解決していくのか、二人の活やくぶりを書き出してみましょう。

ローラ・E・ウィリアムズ●著
石田理恵●訳
早川書房　2007年
160ページ

▼ホラー▲

雨月物語

悲しくて、おそろしいお話

江戸時代に書かれた全九編の怪異小説。近世日本文学の代表作です。その中から四編を収録。生き霊やけものの化身などが人々におそろしい災いをもたらしますが、その正体は…？

上田秋成●原作
時海結以●文
睦月ムンク●絵
講談社青い鳥文庫
2017年
206ページ

▼推理▲

ルパン城

子どものための世界文学の森40

ジェーブルはくしゃくの屋しきで起きた殺人事件。解決のためにやって来たのは、少年探偵イジドールでした。城で見つけた紙きれを調べると、犯人は変そうの名人ルパンだった。そんな二人の対決の行方は…？

モーリス・ルブラン●作
瑞島永添●訳
集英社　1997年
144ページ

▼ホラー▲

モンタギューおじさんの怖い話

エドガー少年はモンタギューおじさんからたくさんの不気味な話を聞きます。これは単なる「怖い話」なのでしょうか？　きみはどんなことを感じましたか？

クリス・プリーストリー●著
デイヴィッド・ロバーツ●画
三辺律子●訳
理論社　2008年
350ページ

読みたいテーマ

おもしろい話＆笑っちゃう話

思わず、ぷっとふき出してしまう物語や、「ありえない！」とさけびたくなるようなへんてこな物語。そんな笑っちゃう本をしょうかいします。

『まぬけなワルシャワ旅行』

ワルシャワを目指し、ヘルムを旅立つシュレミールたどり着いたのは、ワルシャワか？ それとも――

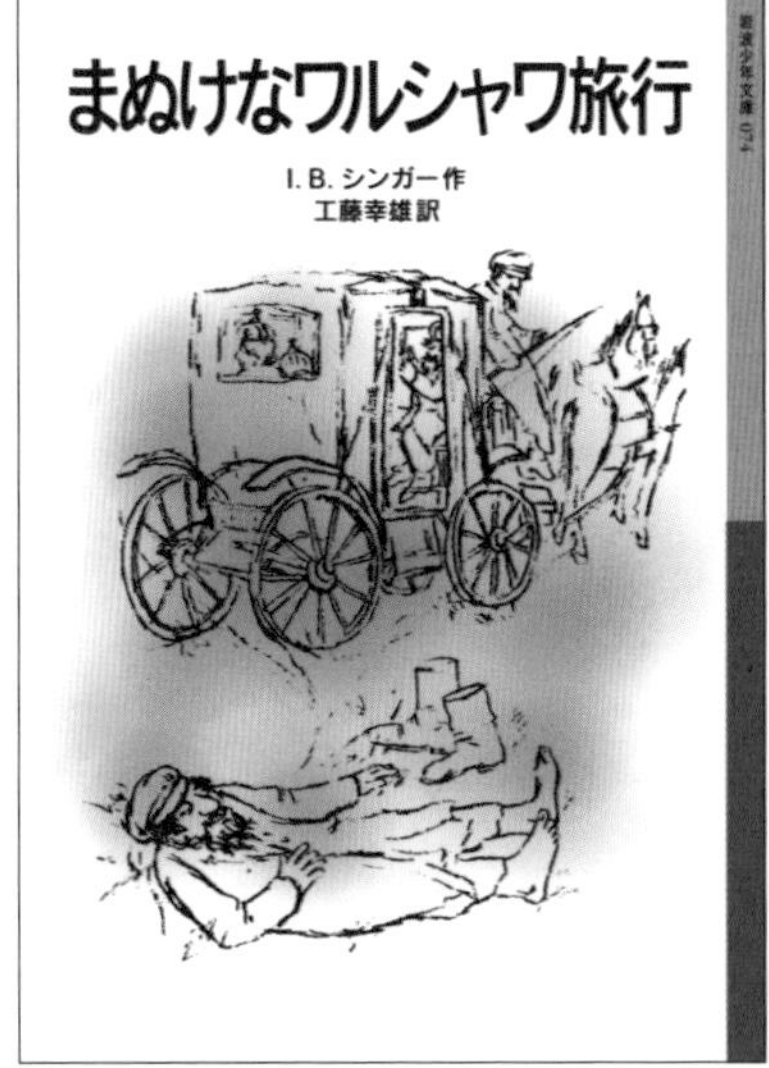

アイザック・バシェビス・シンガー ● 作
工藤幸雄 ● 訳
岩波少年文庫　2000年
182ページ

ひとくちメモ

アイザック・バシェビス・シンガーさん（一九〇四～一九九一）はポーランドで生まれ、一九三五年、アメリカに移住しました。一九七八年には、ノーベル文学賞を受賞しています。作品の多くは、イディッシュ語という、東ヨーロッパのユダヤ人が使っていた言葉で書かれました。

あらすじ

ヘルムはまぬけな人ばかりが住む町。ある日、シュレミールはワルシャワを目指して旅に出ます。しかし、その途中でなんとも不思議なことが起こります。進む方向はまちがえていないはずなのに、ヘルムそっくりの町に着いたのです。しかも住んでいる人もヘルムの町民そっくり。シュレミールは原因をつきとめてワルシャワへ行けるのか、それとも……？ 読んでいて、じれったくなる反面、思わず笑ってしまうシュレミールの旅のほか、まぬけな長老たちのやり取りや、貧乏な男の話など、たくさんの話が収められた一冊。きみも笑ってしまうことまちがいなしです！

この本を読むためのヒント

この本には、全部で八つのお話があります。おかしな人がたくさん登場しますよ。

たとえば……

欲張り（よくば）な金持ちをだました、貧乏（びんぼう）な男の話。

ヘルムという村をとりしきる、まぬけな七人の長老の話。

いがみ合いを続けた聖職者（せいしょくしゃ）と魔女（まじょ）が「結婚（けっこん）」する話。

ワルシャワを目指して旅に出た、まぬけな男シュレミールの話。

こまったときのお助けポイント

1 どのお話がいちばんおもしろかったかな？

2 登場人物の中に、きみや、きみのまわりの人に似（に）ている人はいないかな？

3 登場人物の中で、気に入った人や、逆（ぎゃく）に腹（はら）が立った人はいたかな？

4 きみのまわりに、ヘルムの長老たちや、シュレミールのような人がいたら、どうなると思うかな？

読書感想文 例

『まぬけなワルシャワ旅行』の感想文

原稿用紙3枚

「まぬけ」は楽しい

五年一組　町田　正広

ぼくは、「まぬけなワルシャワ旅行」という題名がおもしろかったので、この本を読もうと思いました。さっそく借りようとしたら、図書室の先生が、「この本の作者は、ノーベル賞を受賞したんだよ。」と教えてくれました。ぼくはびっくりして、読むのをやめようかなと思いました。話が難しかったら困るからです。でも、やっぱり題名の「まぬけ」が気になったので、とにかく少し読んでみようと思って、読み始めました。

◎使えるワザ！

「ぼくは、～ので、この本を読もうと思いました。」という言い方を使うと、本を読むことにした理由を説明する文が書ける。

はじめパターン

題名・表紙が気に入った ＋ 読み終わった直後の感想

まずこの本を読むことにしたきっかけについて、題名を見て思ったことや、読む前に考えたことなどをくわしく説明している。さらに、読み終わった直後の感想を書いて、「なか」の内容につなげている。

この本には、八つの短い話が入っています。本当にまぬけな人がたくさん出てきておもしろかったです。特にぼくが笑ってしまったのは、「シュレミールがワルシャワへ行った話」です。

ヘルムという町に住むなまけ者のシュレミールが、ワルシャワを目指して旅に出ます。歩きつかれたシュレミールは、進む方向を忘れないように、長ぐつのつま先がワルシャワを指すように置いて、一眠りします。しかし、それを見ていたかじ屋が、いたずらで長ぐつを反対向きにしてしまいます。何も知らずに目覚めたシュレミールは、来た道をもどっていることに気づきません。通りがかりの人に町の名を聞くと、その人は「ヘルムだよ。」と

◎使えるワザ！

「特に〜だったのは、…です。」という言い方を使うと、いちばん印象に残った話、場面、登場人物などを取り上げて説明する文が書ける。

なか①

気になったところ

印象に残った登場人物の行動や様子を、「だれが」「どうした」がよくわかるように、話の流れにそってくわしく説明している。

自分の気持ちを書こう

答えます。ぼくは、さすがにこれで気がつくだろうと思いました。でもシュレミールは、「ヘルムって町は二つあるんだ。」と考えます。ぼくはびっくりして、思わず「ええっ。」と声を出してしまいました。シュレミールが、自分のおかみさんや子どもを見ても「おらはよそのヘルムから来た」と言い張るところが、特におかしくて笑ってしまいました。

　そして、ヘルムの町の長老たちも、とてもまぬけです。シュレミールの話を聞いて、本当に別のヘルムがあるのだろうという結論を出してしまうのです。そのうえ、この町に住んでいたシュレミールが帰ってくるまで、今いるシュレミールに日当をはらって子どもの世話をさせることにします。ぼくは、おかし

なか❶　自分の考え

印象に残った登場人物の行動や様子について、読みながら自分が思ったことを順番に書いている。

◎使えるワザ！

「～ところが、特におかしくて笑ってしまいました。」という言い方を使うと、特におもしろかったところについて、場面をしぼって説明する文が書ける。

なか❷　気になったところ

印象に残った場面について、「だれが」「どうした」がわかるように説明している。

なことになってしまったぞ、と思いました。でも、長老たちも町の人たちもこれを名案だと思っているし、シュレミールは今までと同じ生活をしてお金がもらえるのだから、まあいいか、と思わず納得してしまいました。そして、だんだんと「もしかして、これはまぬけなんかではなく、とてもかしこい解決方法なんじゃないか。」と思えてきて、頭の中がこんがらがってしまいました。

もし、シュレミールのような人が周りにいたら、ぼくはきっといらいらすると思います。ぼくと同じように感じる人もたぶん多いと思います。そう考えると、ヘルムの町の人が、おおらかで優しい人のように思えてきて、なんだかうらやましくなります。いつもいらいらしているくらいなら、少しくらい「まぬけ」なほうが、気楽でいいのかもしれません。

自分の気持ちを書こう

なか❷
自分の考え
印象に残った場面について、自分が思ったことを書いている。ここでは、**「でも」「そして」**という言葉で文と文をつなぎながら、自分の気持ちの変化がよくわかるように書いている。

使えるワザ!
「もし、～たら、」という言い方を使うと、話の中のことが実際に起こったら、と想像して考えたことを伝える文が書ける。

おわりパターン
自分と比べる
「自分が登場人物と同じ立場だったら」と想像しながら登場人物と自分を比べてみて、登場人物について感じたことを書いている。

なぞなぞライオン

佐々木マキ●作・絵
理論社　1997年
63ページ

女の子が森や山に出かけると、「食べちゃうぞ！」と動物たちがおそいかかってきました。そこで女の子は、ライオンには〝なぞなぞ〟、ヘビには〝早口ことば〟、サイには〝しりとり〟で勝負をいどみ、無事にピンチを脱します。もしあなたが女の子の立場になったら、どんな方法で危機を切りぬけるでしょうか？

おもしろ落語図書館〈その一〉

「おもしろ落語図書館」シリーズ（全十冊）のうちの一冊で、古典・自作落語のけっ作が子ども向けにわかりやすく書かれたものです。十ある小ばなしのうち、どの落語の、どの部分がおもしろかったか、お気に入りの話を書き出してみましょう。

三遊亭円窓●著
長野ヒデ子●絵
大日本図書
1996年
143ページ

大どろぼうホッツェンプロッツ

ある日、おばあさんのコーヒーひきが、黒ひげでピストルを持っている大どろぼうのホッツェンプロッツにぬすまれます。少年カスパールの見事な作戦や友達のゼッペル、大魔法使いのツワッケルマンの活やくに注目してみましょう。

オトフリート・プロイスラー●作
中村浩三●訳
偕成社　1975年
207ページ

イグアナくんのおじゃまな毎日

誕生日にもらったイグアナのヤダモンを、いやいやながらも樹里は育てます。ヤダモンといっしょに過ごすうちに、樹里や家族の心は少しずつ変化します。もし自分が、ヤダモンのようなペットを飼ったらどうなるか想像してみましょう。

佐藤多佳子●作
はらだたけひで●絵
偕成社　1997年
264ページ

ズッコケ時間漂流記

ハチベエ、モーちゃん、ハカセは、花山第二小学校の仲良しトリオ。ある日、音楽室の鏡に手をやると、四次元の空間を漂流して、江戸時代の世界へ！　三人はいったいどうなってしまうのでしょう？　きみは、どの時代へタイムスリップしてみたいですか？

那須正幹●作
前川かずお●絵
ポプラ社　1982年
184ページ

ドラゴン飼い方育て方

ドラゴンの品種から、選び方、育て方、訓練方法などをイラストを使ってまじめに解説したユニークな本。きみはこの本のどんなところに興味を持ちましたか？　ドラゴンの解説でおもしろいと思ったところを書き出してみましょう。

ジョン・トプセル●著
神戸万知●訳
原書房
2008年
128ページ

たけしくん、ハイ！

ビートたけしさんの、遊びに夢中だった少年時代の思い出がいきいきと語られています。たけしくんは、どんな少年で、どんな環境の中で育ったのでしょう？　自分と比べて、どこがどうちがうのかを書いてみましょう。

ビートたけし●著
新潮文庫
1995年
135ページ

読みたいテーマ

身近な世界

家族・友達・学校など身近な世界をえがいた物語、「自分」について考えさせられる物語など、自分を見つめ直すことのできる本をしょうかいします。

『トモ、ぼくは元気です』

小学生最後の夏休み
その初日、ぼくは家から「追放」された

香坂直 ● 作
講談社　2006年
254ページ

ひとくちメモ

香坂直さんは、一九六四年に岡山県で生まれ、大阪教育大学（肢体不自由児教育教員養成課程）を卒業しました。二〇〇五年に『走れ、セナ！』でデビューし、同作品で第十六回椋鳩十児童文学賞を受賞しました。この『トモ、ぼくは元気です』は、第三十六回児童文芸新人賞を受賞しています。

あらすじ

小学校最後の夏休み、和樹は大阪のおじいちゃん、おばあちゃんの家で過ごすことになります。和樹はそこで出会った夏美にたのまれ、商店街の「伝統の一戦」に出ることに。しかし、障害を持つ一つ年上の兄「トモ」のことや、大阪で過ごす原因になった「あの日」のことが、和樹の心を重くして……。「伝統の一戦」とは？「あの日」とは？夏美や千夏、障害を持つ桃花と過ごし、いろいろな出来事を通して、和樹は自分を見つめ直していきます。世間の冷たい目、にげ出したい思い、そんな気持ちへのうしろめたさ……。きみも和樹の気持ちに共感するところがあるはずです。

この本を読むためのヒント

いまいち商店街の人々

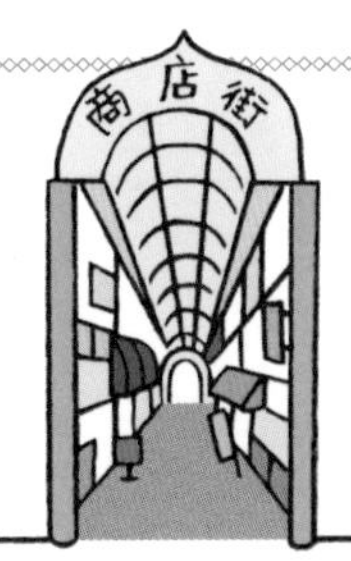

おじいちゃん
おばあちゃん

理容室「バーバーまつもと」を営む和樹の祖父母。

夏美・千夏

「バーバーまつもと」の向かいに住む、ふたごの姉妹。和樹と同じ小六。

桃花

小四・夏美と千夏の妹。金魚すくいの「天才」らしい。

和樹の家族

和樹

小六・私立中学校を目指している。トモのことが原因で、夏休みを大阪で過ごすことになる。

トモ

中一・和樹の兄。知的障害を持つ。

おとうさん
おかあさん

タク

「ニコニコ商店街」に住んでいる。ひきょうな手段を使って「伝統の一戦」に勝とうとしている。

チェック！ 次のページに、この本の読書感想文例があるよ！

こまったときのお助けポイント

1. 和樹の行動や性格について、きみと似ているところ、または正反対のところはあったかな？
2. 和樹は、どんなことにいらいらしているのかな？
3. 和樹は、どうして自分の本当の気持ちに気づくことができたのかな？
4. 「トモ、ぼくは元気です」という言葉には、どんな気持ちがこめられているのかな？

読書感想文 例

『トモ、ぼくは元気です』の感想文

原稿用紙 2 枚

「トモ、ぼくは元気です」を読んで

六年三組　小畑　裕明

この本の主人公は、ぼくと同じ六年生の男の子です。しかも、塾に通っているところもぼくと同じです。読み始めてすぐにそのことがわかったので、ぼくは、ほかにも似ているところはないかなと思いながら読みました。
するど、「和樹のこの気持ち、ちょっとわかるな。」と思うところが、いくつかありました。
たとえば、夏美に「カズちゃんらしないわ。」と言われて、和樹が「なにがぼくらしいっていうんだ。おまえなんか、ぼくのことをなに

◎ 使えるワザ！

「主人公は、ぼくと同じ～です。」という言い方を使うと、主人公と自分の共通点を説明する文が書ける。

はじめパターン

自分との共通点

主人公と自分を関連づけて、どのようなことに興味を持って読んだのかを説明している。

なか❶

気になったところ

印象に残った登場人物の様子について、「**たとえば、～ところです。**」という言い方を使って説明している。

自分の気持ちを書こう

も知らないじゃないか。」と思うところです。ぼくも、「今の言い方、なんかヒロっぽくないね。」などと言われると、「じゃあ、どんなのがぼくっぽいの。」「どうしてぼくが言ったことなのに、ぼくっぽくないなんて言われなくちゃいけないの。」と言い返したくなります。ぼくのことを認めてもらえないような感じがします。和樹もそんな気持ちだったのではないかなと思いました。

　また、和樹は、自分が本当に許せなかったのは、障害のある兄のトモをいじめていた江木くんや、自分をトモと同じ中学に入れようとするお母さんではなく、トモのことからにげていた自分自身だったんだということに気づきます。ぼくも、何かうまくいかないこと

なか❶ 自分の考え
印象に残った登場人物の様子について、自分の体験と関連づけて考えたことを書いている。

使えるワザ！
似たような自分の体験や気持ちをくわしく説明してから、自分が想像した登場人物の気持ちについて書くと、なぜそのように想像したのかがよくわかる文になる。

なか❷ 気になったところ
印象に残った登場人物の様子について説明している。

使えるワザ！
「ぼくも、～ことがあります。」という言い方を使うと、話の中の出来事と似たような体験をしたことを説明する文が書ける。

自分の気持ちを書こう

を人のせいにして腹を立てたときに、本当は、すぐにあきらめた自分自身に腹を立てていたんだと気づいたことがあります。ぼくは和樹の気持ちを想像して、少し苦しくなりました。「がんばれ、和樹。」と心の中で言いました。

　和樹は、ぼくよりずっと強くてしっかりしていると思います。自分の本当の気持ちに気づいて、きちんとお母さんにあやまったのは立派だなと思いました。最後には、和樹の心が軽くなったのが伝わってきました。だからぼくも、和樹みたいに自分の気持ちをしっかり受け止められるような人になりたいです。

なか❷
自分の考え
印象に残った登場人物の様子について、自分の体験と関連づけて考えたことを書いている。

使えるワザ！
「○○は、ぼくより～と思います。」という言い方を使うと、主人公と自分のちがうところを説明する文が書ける。

おわりパターン
自分と比べる＋**これからどうしたいか**
主人公と自分を比べて感じたことを書いたうえで、自分がこれからどうしたいかを書いている。

▼家族▲

ヨーンじいちゃん

元気でみんなの人気者のヨーンじいちゃん
老いと死について深く考えさせられるお話

ヤーコプとラウラのもとに、染め物をしたり、三角のパンツをはいたりする風変わりなヨーンじいちゃんがやって来ます。そんなみ力的で存在感のあるヨーンじいちゃんが

弱っていく姿を見てヤーコプやラウラは、どんな気持ちになったのでしょう？　もし自分がヨーンじいちゃんの孫だったら、こんなときどう思うか想像してみましょう。

ペーター・ヘルトリング●作
上田真而子●訳
偕成社　1985年
206ページ

▼家族▲

キッドナップ・ツアー

小学五年生のハルは、夏休みの第一日目に〝ユウカイ〟（キッドナップ）され、その犯人は二か月前に家からいなくなったお父さんでした。そこから平ぼんな父と子の、ひと夏の小旅行が始まります。ハルの心情の変化を書きとめてみましょう。

角田光代●著
新潮文庫　1998年
208ページ

▼家族▲

若草物語

アメリカ・ゲティスバーグに住む四人姉妹の物語。けっして裕福ではないけれど仲の良い四人は、助け合いながら、少女から大人へと成長していきます。長女メグ、次女ジョー、三女ベス、末っ子エイミーの中で、あなたが一番共感したのはだれでしょう？

L・M・オールコット●作
矢川澄子●訳
T・チューダー●画
福音館書店　1985年
496ページ

▼友達▲

兎の眼

小学校の新任の小谷先生と、ハエを飼う少年、鉄三をはじめとする子どもたちが、さまざまな経験を通して成長していく物語です。みんなでなやみながら見つけた「大切なモノ」とは？

灰谷健次郎●作
近藤勝也●カバー絵
YUME●挿絵
KADOKAWA／角川つばさ文庫
2013年
351ページ

▼自分▲

ぼくがスカートをはく日

十二歳の主人公、グレイソンにはだれにも言えない秘密がありました。「本物の女の子になりたい」「スカートをはきたい」。体の性への違和感になやみ苦しみ続ける主人公の物語から、どんなことを考えますか？

エイミ・ポロンスキー●著
西田佳子●訳
学研プラス
2018年
296ページ

▼友達▲

都会のトム&ソーヤ(1)

塾通いの日々を送る中学生・内人と、頭脳明せきな創也、二人がなぞのゲームクリエイターを探す冒険物語。頭脳で問題を解決していく創也に対して、おばあちゃんの知恵をいかす内人、きみはどちらの性格に近いでしょうか？

はやみねかおる●著
講談社　2012年
368ページ

▼自分▲

Wonder（ワンダー）

十歳で小学校に通い始めたオーガストは、生まれつき顔に障害があるせいで、こわがられたり、いじめられたりします。でもやがて、オーガストも周りの人たちも理解を深め、成長していきます。「登場人物が自分だったら」と考えてみましょう。

R・J・パラシオ●作
中井はるの●訳
ほるぷ出版　2015年
421ページ

▼友達▲

ぼくらのサイテーの夏

「階段落ち」でケガをしたうえに、罰としてプールそうじを任されたことから桃井の最低の夏休みは始まります。桃井は栗田やアニキにどう接しているのかな？自分が桃井の立場になったつもりで考えてみましょう。

笹生陽子●著
やまだないと、
廣中薫●絵
講談社青い鳥文庫
2005年
312ページ

▼自分▲

宇宙のみなしご

――真夜中にこっそり、よその家の屋根にのぼる――これは、中二の陽子と中一の弟リンだけの秘密の遊び。ところが、この遊びに新しい仲間が二人加わることになり…。きみが心ひかれた登場人物はいましたか？

森絵都●作
杉田比呂美●画
講談社　1994年
206ページ

▼友達▲

レモンの図書室

お母さんが死んで、お父さんと二人で暮らすカリプソは、いつもひとりぼっち。大好きな本だけが心のよりどころでした。しかし、ある出会いをきっかけに、カリプソ自身も、お父さんとの関係も変わっていきます。

ジョー・コットリル●作
杉田七重●訳
小学館　2018年
288ページ

▼自分▲

葉っぱのフレディ いのちの旅

大きな木の太い枝に生まれた葉っぱのフレディ。季節が過ぎ、土に返っていくフレディの短い一生がえがかれています。フレディとダニエルの会話を通して、生きるとはどういうことか、死とは何か、考えてみましょう。

レオ・バスカーリア●作
島田光雄●絵
みらいなな●訳
童話屋　1998年
32ページ

▼自分▲

むこう岸

貧しいながらも力強く生きてきた樹希。対照的に生きてきた二人の中学生が偶然出会い、少しずつおたがいを理解していく物語です。貧困問題や教育格差について考えるきっかけになるかもしれません。

めぐまれた環境で育った和真と、貧しいながらも力強く生きてきた樹希。

安田夏菜●著
講談社　2018年
255ページ

▼学校・先生▲

両親をしつけよう!

新しい町へ引っこしてきたルーイたち一家。そこは、親も学校の先生も、勉強のことしか考えていないような町だったのです。いつしかルーイの両親も周りにえいきょうされ、ルーイに勉強を押し付けるように。お笑いタレントを目指すルーイは、両親をしつけようと試みますが…。さて、どうなるでしょう?

ピート・ジョンソン●作
岡本浜江●訳　ささめやゆき●絵
文研出版　2006年
208ページ

▼子どもと大人▲

どろぼうの神さま

はいきょの映画館に住みついた、両親を亡くした兄弟とその仲間たち。彼らのリーダーは、「どろぼうの神さま」と呼ばれる、なぞの少年。ヴェネチアを舞台に、大人になることへのあこがれと、子どものままでいたかった切なさを感じる物語です。

コルネーリア・フンケ●著
細井直子●訳
WAVE出版
2002年
500ページ

▼子どもと大人▲

ルリユールおじさん

ソフィーはパリに住む少女。大切な植物図鑑がこわれてしまい、本づくり職人ルリユールの工房を訪ねます。本づくりの工程がていねいに描かれた一冊。あなたには、大切にしたい本、思い出に残る本がありますか?

いせひでこ●作
講談社　2011年
56ページ

▼学校・先生▲

飛ぶ教室

寄宿学校生にクリスマスがやってきます。おく病なウーリ、秀才だけど貧しいマルティンなど、少年たちのなやみはそれぞれです。物語の中で印象に残ったシーンはどこかな? 自分と友達との関係と照らし合わせて考えてみましょう。

エーリヒ・ケストナー●作
池田香代子●訳
岩波少年文庫
2006年
254ページ

▼子どもと大人▲

夏の庭
―The Friends―

ぼくら三人は、死への好奇心から一人の老人を観察し始め、やがて観察は老人との交流へと変わっていきます。少年たちは老人とふれ合うことで、どんなことを学んだのでしょう? 死についても考えてみましょう。

湯本香樹実●著
新潮文庫　1994年
218ページ

▼学校・先生▲

そばかす先生のふしぎな学校

ポーランドで人気の童話。顔じゅうそばかすだらけのクレクス先生がいる学校では、毎日ふしぎなことばかり起こります。奇想天外な展開と独特の表現に、想像力が豊かになること間違いなしです。

ヤン・ブジェフバ●作
内田莉莎子●訳
学研プラス
2005年
238ページ

読みたいテーマ

スポーツ

スポーツに取り組む子どもたちが登場する物語から、あこがれのスポーツ選手の本まで、スポーツがもっと好きになる本をしょうかいします。

『リバウンド』

大事なのは、「失敗したシュートを次にどうやって決めるかだ」

エリック・ウォルターズ ● 作
小梨直 ● 訳
深川直美 ● 画
福音館書店　2007年
340ページ

あらすじ

バスケットボールが好きなショーンと車いすの転校生のデーヴィッド。ショーンはそれまでまったく知らなかった「車いすの世界」にとまどいながらも、デーヴィッドを理解（りかい）しようとします。そしてデーヴィッドも、厳（きび）しい現実（げんじつ）と向き合う決意をします。人の気持ちや友情（ゆうじょう）について、深く考えさせられる物語です。

こまったときの お助けポイント

1. 初めて出会ったときのショーンとデーヴィッドはどんな様子だったかな？
2. デーヴィッドの「どうせ、わかりっこないさ」という言葉について、きみはどう思ったかな？
3. ショーンとデーヴィッドは、どんなふうに変化していったかな？
4. ショーンとデーヴィッドは、なぜ友達になれたのかな？

原稿用紙 **2** 枚

読書感想文
例

『リバウンド』の感想文

二人に教えてもらったこと

五年二組　岡田　貴史

　ショーンとデーヴィッドは、バスケットボールが大好きな同い年の男の子です。一つちがっていたのは、デーヴィッドが車いすの生活を送っているということでした。二人の出会いは最悪でしたが、バスケットボールがきっかけで少しずつ仲良くなり、おたがいの心も成長していく、という物語です。

　ショーンは、デーヴィッドに出会うまで、車いすの生活がどんなものか全く知りませんでした。しかし、デーヴィッドと過(す)ごしなが

はじめパターン
あらすじ
登場人物についてしょうかいしながら、「**〜という物語です。**」という言い方を使ってあらすじを説明している。

なか❶
気になったところ
登場人物について、物語の中でどのように変化していったかにしぼって説明している。

自分の気持ちを書こう

ら、いろいろなことを理解していきます。ぼくは、デーヴィッドのことを少しでも理解しようと努力するショーンはえらいなと思いました。相手の本当の大変さを理解することはできなくても、理解しようとする気持ちは、きっと相手に伝わるのだと思います。

　デーヴィッドのほうは、何でもできた自分が車いすの生活になったという現実にとても苦しみ、早く元の生活にもどりたいと、せき髄の研究に関心を持っていました。しかし、デーヴィッドはある日、車いすのバスケットボールに参加し、ショーンをおどろかせます。ぼくは、そのときデーヴィッドが言った、「おれ、あきらめないよ、いつか、かならず車いすなしで歩くつもりだし、それまで努力

なか①　自分の考え
特に印象に残った登場人物の様子について、自分が思ったことを書いている。

なか②　気になったところ
登場人物について、印象に残った様子や行動を説明している。

使えるワザ！
『ぼくは、○○が言った、「～。」という言葉が印象に残りました。』という言い方を使うと、だれの、どんな言葉に心を動かされたかがわかる文が書ける。

自分の気持ちを書こう

して、できるかぎりのことをやってやる。」
という言葉が印象に残りました。過去に起き
てしまったことや、遠い未来のことばかり考
えるのではなく、今、自分にできることをや
る大切さに、デーヴィッドは気がついたのだ
なと思い、ぼくは胸が熱くなりました。

　ぼくは、ショーンに教えてもらった「人を
理解しようと努力することの大切さ」と、デ
ーヴィッドに教えてもらった「今、自分にで
きることを精いっぱいやることの大切さ」を
忘れずに、これからいろいろなことに取り組
んでいこうと思います。

なか❷

自分の考え

登場人物の言葉を引用して、自分が特に心を動かされたことについて書いている。

おわりパターン

これからどうしたいか

この本を読んで心に残ったことを、これから自分の生活にどのように生かしていきたいかを書いている。

いっしょに走ろっ!

夢につながる、はじめの一歩

星野恭子●著
大日本図書　2012年
151ページ

パラリンピックに出場したブラインドランナー（視覚障害があるランナー）と義足のアスリート、選手と選手を支える人たちについて書かれたノンフィクションです。きみは、「伴走ボランティア」を知っていましたか？　走ることについての感動ストーリーです。

バッテリー

あさのあつこ●著
佐藤真紀子●絵
KADOKAWA／角川つばさ文庫
2010年　265ページ

中学入学目前、巧は豪と知り合います。天才ピッチャーとしての自信を持ち、ときには子どもとは思えない冷静さで周りを切り捨ててきた巧。巧とバッテリーを組むことを熱望する豪。水と油のような二人は打ち解けることができるのでしょうか？

みんなちがって、それでいい

パラ陸上から私が教わったこと

パラリンピック陸上女子のメダリスト、重本沙絵さんが、自身の障がいと向き合い受け入れるまでの過程と、夢に向かって努力し続ける姿をえがいたノンフィクション。「本当の意味で障がいを受けいれる」とはどのような意味でしょう？

宮崎恵理●著
重本沙絵●監修
ポプラ社　2018年
198ページ

空をつかむまで

海岸近くの村に住む、中学三年生の優太、姫、モー次郎は、ひょんなことからトライアスロンに出場するはめに…。ドタバタのストーリーがちりばめられた青春の日々。レース後、彼らがたくましく見えたのはなぜでしょうか？

関口尚●著
集英社文庫　2009年
376ページ

女の子だって、野球はできる!

「好き」を続ける女性たち

日本の女子野球のレベルは世界一です。しかし、日本で女性が野球を続けるには、乗りこえなければならないかべがあります。好きなことで道を切り開き、歴史をつくってきた女子野球選手たちの物語から、きみは何を感じますか？

長谷川晶一●著
ポプラ社　2018年
183ページ

リターン!

めんどくさがりで引っこみ思案だったイッキは、たまたま出合ったブーメランに夢中になってどんどん積極的になり、仲間と大会をめざして特訓を始めます。ブーメランという競技への興味をふくらませてくれる物語です。簡単で奥深いブーメランの世界へようこそ！

山口理●作
岡本順●絵
文研出版　2011年
176ページ

読みたいテーマ

科学

最新技術を支える町工場のものづくりや、さまざまな場所で活躍するロボット、自然の力を利用したテクノロジーなどについての本をしょうかいします。

『ちしきのもり（7）町工場のものづくり ――生きて、働いて、考える――』

スプーンから宇宙ロケットまで町工場の技術が、世界を支えている！

小関智弘●著
少年写真新聞社　2014年
144ページ

ひとくちメモ

著者の小関智弘さんは、昭和二十六年に町工場の見習工となり、約五十年間、旋盤工として働きました。そのかたわらで、作家デビューもしたのです。著書に町工場のものづくりをしょうかいした『道具にヒミツあり』（岩波書店）もあります。

あらすじ

二〇一〇年、小惑星探査機「はやぶさ」が、地球から遠くはなれた惑星イトカワの砂を持ち帰ることに成功し、世界をおどろかせました。その砂が入った帰還カプセルの試作品を製作したのは、東京の下町の小さな町工場。その協力なくして、はやぶさの偉業は成しえなかったのです。この本にはほかにも、新幹線の重要な部品や、痛くない注射針、指を切る心配のないかんづめのふたなど、さまざまなものをつくっている町工場と、そこで働く人が登場します。世界にほこる日本のものづくりの技術に、感心させられることでしょう。

この本を読むためのヒント

この本に出てくる、町工場で作られたものをしょうかいします。

痛くない注射針

針の太さ
直径0.2ミリ
あなの大きさ
0.08ミリ

惑星探査機「はやぶさ」の帰還カプセルなどの試作品

新幹線や瀬戸大橋などの部品

砲丸投げの球

こまったときのお助けポイント

1 町工場で働く人たちの中で、印象に残ったのはだれかな？

2 町工場で作られたもので、おもしろいと思ったものは？

3 町工場のものづくりの技術について、どんなことを思ったかな？

4 町工場のものづくりについて、どんなことがわかったかな？

読書感想文 例

『町工場のものづくり』の感想文

原稿用紙 3 枚

「町工場のものづくり」を読んで

五年一組　中野　優

　この本には、すばらしい技術をもつ、ものづくりの人たちがしょうかいされています。筆者の小関さんは、旋盤という機械で鉄などの金属をけずる仕事を約五十年もしたそうです。町の小さな工場で働きながら、自動車や船、ロボット、宇宙ロケットなどの部品をけずったそうです。小関さんの他にも、宇宙探査船はやぶさに協力した人、けい帯電話の部品を作った人、だれでもにぎれるスプーンや、かんづめのふたを開けたときにけがをしない、

はじめパターン

あらすじ

本の内容を説明している。筆者のしょうかいや、筆者と同じように町工場で働く人たちが作ったものなどがわかるように書いている。

使えるワザ！

「筆者の〇〇さんは、～。」という言い方をすると、筆者をしょうかいする文が書ける。

安全なふたを考えた人などが出てきます。どの人も、金属をけずったり折り曲げたりする昔からのやり方で、最新の技術を支えるものづくりの人たちです。

　まず、心に残ったのは岡野さんでした。岡野さんは、けい帯電話に使われる電池ケースの小型化に成功した人です。小型化に成功したことで、今のように小さくてうすいけい帯電話が作れるようになったそうです。世界中のけい帯話の会社の人たちがなやんでいたことを、岡野さんが昔から続く技術を使って解決したのです。

わたしは、「世界中の人たちが困っていた、難しい問題を解決した岡野さんってかっこいいなあ。」と思いました。「よそではできない仕事ほどやりたくなる。」と言

使えるワザ！

「まず、心に残ったのは〜。」という言い方を使うと、心に残ったことを説明する文章が書ける。感想文を読む人も、これから心に残ったことについて書いてあるのだとわかるので先が読みやすい。

なか❶ 気になったところ

印象に残った人についてしょうかいしている。ここでは、岡野さんがどんなことをした人かがわかるように書いている。

使えるワザ！

本に書いてある文章を引用するときは、「　」を使って書く。

自分の気持ちを書こう

って、他の町工場の人たちがやりたがらない難しい仕事をわざと選んでちょうせんしてきた岡野さんだから、電池ケースを小さくすることができたのだと思います。

次に、心に残ったのは、「指を切る心配のないかんづめのふた」を作った谷内さんです。谷内さんは五年をかけて安全なふたを作ることに成功しました。日本や外国の会社では、最新のコンピューターを使っても安全なふたを作ることができませんでした。では、谷内さんにできたのはなぜかというと、谷内さんはコンピューターではわからない微妙な金属の性質のことを、何十年も続けてきた仕事のおかげでよくわかっていたからなんだそうです。谷内さんは、このことを「金属の性質を

なか❶ 自分の考え

印象に残った人について、思ったことや考えたことを書いている。ここでは、岡野さんの成功の理由を、自分なりに考えてまとめている。

なか❷ 気になったところ

印象に残った人についてしょうかいしている。ここでは、谷内さんがどんなことをした人で、なぜ成功できたのかを谷内さんの言葉を引用しながらしょうかいしている。

よく知っていたので、こうすればうまくいくぞって、信じていたからあきらめなかったんです。」と言っています。何十年もの経験が、コンピューターよりすぐれているなんて本当にびっくりで、心の中で「すごいなあ。」と思いました。そして、自分の経験を信じた谷内さんは、簡単にはあきらめない、強い信念を持つ人だと思いました。

　この本を読んで、町工場のものづくりってすばらしいなあと思いました。最新の技術というと、コンピューターやロボットを使うイメージでした。でも、ここに出てくる人たちは、昔からある技術や経験で、最新の技術を支えています。それが、世界中の人の役に立っているってすばらしいです。そして、岡野さんや谷内さんのような人がいることを知って、ほこらしい気持ちになりました。

自分の気持ちを書こう

なか❷
自分の考え
印象に残った人について、思ったことを書いている。また、谷内さんの言葉や行動からこんな人ではないかと思ったことを説明している。

おわりパターン
本を読んで強く感じたこと
本を読んで、感じたことを書いている。町工場のものづくりのどんな点がすばらしいと思ったのかをくわしく説明し、最後に自分の気持ちでまとめている。

ヤモリの指から不思議なテープ

石田秀輝●監修
松田素子、江口絵理●文
西澤真樹子●絵
アリス館　2011年　144ページ

ヤモリは垂直なかべでも天井でも自由自在に歩き回れます。それは、ヤモリの足におどろくべき秘密があるからなのです。このように、自然の中からヒントを得てかしこく活用し、新しい技術や物をつくり出すことが、これからの社会では求められると、著者は言います。そんな「ネイチャー・テクノロジー」について学びましょう。

ライト兄弟はなぜ飛べたのか

紙飛行機で知る成功のひみつ

大きな旅客機やジェット機よりも、ずっと身近な紙飛行機。紙飛行機も自分で飛び方を調整したり、ブーメラン式などのわざをきかせたりすることができるのです。「飛ぶこと」の仕組みを紙飛行機で考え続ける、ライト兄弟の挑戦し続ける姿にも注目して読んでみましょう。

土佐幸子●著
さ・え・ら書房　2005年
64ページ

世界にほこる日本の先端科学技術③ ロボットいろいろ!

宇宙へ行ったり、介護したり

生活の身近なものになりつつあるロボットは、宇宙で調査をしたり、介護に活用されたり、さまざまな分野で活やくしています。この本を読めば、日本の科学技術のすばらしさに、きっとワクワクするはずです。

法政大学自然科学センター●監修
こどもくらぶ●編
岩崎書店　2014年
48ページ

未来のクルマができるまで

世界初、水素で走る燃料電池自動車 MIRAI

ガソリンを使わず、二酸化炭素をはい出しない、未来型の自動車として開発されたのが、水素から発電して走る燃料電池自動車。その本格的な販売に至るまでには、多くの人たちの協力と努力があったのです。

岩貞るみこ●作
青山浩行●カバー画・本文人物紹介
講談社　2016年
175ページ

小惑星探査機「はやぶさ」大図鑑

小わく星探査機「はやぶさ」のひみつと、宇宙を旅した様子が、はやぶさの生みの親であるJAXAの川口淳一郎先生の解説で、くわしくしょうかいされています。はやぶさのあらゆる情報が、この一冊につまっていますよ。

川口淳一郎●監修
池下章裕●絵
松浦晋也●解説
偕成社　2012年
128ページ

こども実験教室 宇宙を飛ぶスゴイ技術!

宇宙探査ではどんな技術が使われていて、身の回りの現象とどう関わっているのでしょうか。「はやぶさ」の生みの親、川口淳一郎先生が、だれでも楽しくできる実験で、体験して学べるように教えてくれます。

川口淳一郎●著
ビジネス社　2018年
87ページ

読みたいテーマ

自然

身近な生き物から宇宙まで、自然をテーマにした本を「生き物」「自然・植物」「恐竜・古代生物」「地球・宇宙」の四つに分けてしょうかいします。

『野生のゴリラと再会する 二十六年前のわたしを覚えていたタイタスの物語』

マウンテンゴリラの生活ってどんなだろう？
アフリカの森深くにすむゴリラたちに会いに行こう！

山極寿一 ● 著
くもん出版　2012年
128ページ

あらすじ

野生ゴリラのタイタスは、著者の山極さんと二十六年ぶりに再会したとき、山極さんのことを覚えていました。山極さんはかつてアフリカの森で、二年間、タイタスと一緒に過ごし、ゴリラについてさまざまなことを学んだのです。ゴリラの生態や魅力に、きみもきっとひかれるはず。

こまったときのお助けポイント

1. ゴリラの生活で、びっくりしたところはどこかな？
2. ゴリラのすめる場所が少なくなっているのはなぜだろう？
3. 二十六年ぶりに山極さんに会ったタイタスは、どんな気持ちだったろう？
4. ゴリラと人間を比べてみて、どんなことを思ったかな？

原稿用紙2枚

読書感想文 例

『野生のゴリラと再会する』の感想文

ゴリラっておもしろい

六年一組　小山　大樹

「野生のゴリラと再会する」に出てくるマウンテンゴリラは、アフリカの森にすんでいる。シルバーバックとよばれるオスが群れのリーダーで、たくさんのメスや子供たちといっしょにくらしている。そんなゴリラのおもしろい生活の様子を、この本が教えてくれた。特にぼくの心に残ったのは、ゴリラのコミュニケーションだ。

「グッ、グッ、グフーム」

これは、ゴリラが仲間に近づくときに出す

はじめパターン

あらすじ

「**『野生のゴリラと再会する』に出てくる〇〇は～。**」という言い方で、本に出てくるゴリラのことをしょうかいしている。くらしている場所や、群れのことがわかるように書いている。

◎使えるワザ！

「**特に心に残ったのは、～。**」という言い方を使うと、印象に残った部分の説明が書きやすくなる。

なか❶

気になったところ

特に印象に残った部分をそのまま引用して説明している。

自分の気持ちを書こう

あいさつの声だ。著者も、森のゴリラに会うときは必ず「グッ、グフーム」と声を出してあいさつをするそうだ。ゴリラがあいさつするなんて知らなかったし、「やあ、こんにちは。」って言っているみたいで、とてもおもしろい。動物園のゴリラにも「グッ、グフーム」と言ったら通じるのかなと思った。

なか①　自分の考え

特に印象に残った部分について、思ったことを書いている。自分がどのようにおもしろいと思ったのかを、「**～みたい**」という言い方で説明している。

　心に残ったゴリラのコミュニケーションはほかにもある。相手に近づいて顔をのぞきこむという方法だ。この方法で、けんかを止めることができるそうだ。例えば、二頭のゴリラがけんかをしそうになると、ほかのゴリラがやってきて二頭の間に入り、それぞれの顔をのぞきこむのだ。そうすると、けんかにならずにすむ。まるで、「けんかなんかやめな

なか②　気になったところ

印象に残ったコミュニケーションの二つ目について書いている。コミュニケーションの方法を書いた後に、「**例えば、～**」という言い方でくわしく説明している。

自分の気持ちを書こう

よ。仲直りしなよ。」と言っているみたいだ。ぼくだったら、顔をのぞきこまれても素直にあやまらないで、余計なことを言って相手をおこらせてしまうだろう。相手の顔をじっとのぞきこむだけで、相手の言いたいことを理解し合うなんて、すごいと思う。

　この本を読んで、ゴリラがとても興味深い動物だということがわかった。言葉がなくても、心を通い合わせることができる。ゴリラは人間よりもずっとかしこくてやさしい生き物なのかもしれない。動物園に行ったら、ゴリラにあいさつをしてみたい。

なか❷ 自分の考え

印象に残った部分について、自分が思ったことを書いている。そして、**「ぼくだったら、〜。」**という言い方で自分に置きかえて考えたことを説明している。

◎ 使えるワザ！

「ぼくだったら」「私だったら」「自分だったら」という言い方を使うと、自分に引きよせて書くことができるので具体的な感想になる。

おわりパターン 本を読んで強く感じたこと

本を読んで、わかったことや感じたことをまとめている。ゴリラがどんな動物なのか、人間と比べながら自分の考えを書いている。

▼生き物▲

ペンギン図鑑

上田一生●著
福武忍●画　鎌倉文也●写真
文溪堂　1997年　80ページ

地球上に生息する十八種類のペンギンを、写真やイラストを交えてしょうかいする本。ペンギンは寒い南極だけにいるのではありません。ニュージーランドの森や、南アメリカの砂漠、オーストラリアの人家の軒下にすんでいるペンギンもいるのです。きみが、ペンギンの生態で興味を持ったのは、どんなところでしょう？

▼自然・植物▲

子供の科学サイエンスブック　南極大陸のふしぎ

雪と氷が広がる地球の果ての大自然

著者の武田先生が、南極にある昭和基地で観測生活を送ったときにとった写真をしょうかいしています。雪と氷に囲まれた極寒の地の厳しい自然や、その中に生きるペンギン、また、オーロラなどの不思議な現象を解説します。

武田康男●著
誠文堂新光社　2013年　96ページ

▼生き物▲

ホッキョクグマが教えてくれたこと

ぼくの北極探検3000キロメートル

地球の中で真っ先に温暖化が進むといわれている北極。自然写真家である著者を中心に結成した北極探検隊は、ホッキョクグマをはじめとするたくさんの生き物から何を感じ、どんなことを伝えたかったのでしょうか。

寺沢孝毅●著
あべ弘士●絵
ポプラ社　2013年
148ページ

▼自然・植物▲

ひとしずくの水

肉眼では見られない、水のあらゆる動きの一瞬をとらえた写真が、科学的な解説とともにわかりやすく説明されています。自分でできる実験ものっているので、取り組んだ感想を書いてみましょう。

ウォルター・ウィック●文・写真
林田康一●訳
あすなろ書房
1998年
36ページ

▼生き物▲

カブトムシ　山に帰る

人間による自然破壊が、虫の生態に大きな影響を与えているといわれています。なぜカブトムシが小型化し、減少しているのか。こん虫カメラマンの著者の解説からその理由を知り、自然環境について考えてみましょう。

山口進●著
汐文社　2013年
144ページ

▼自然・植物▲

ミイラになったブタ

自然界の生きたつながり

野外生物学者や環境学者の顔を持つ著者の目を通し、トナカイの大量死事件や、表題のミイラになったブタなどを取り上げた、十四話の自然界のなぞ物語。見えない糸で結ばれる生きたつながりに何を思うでしょう？

S・クインラン●著
藤田千枝●訳
さ・え・ら書房
1998年　112ページ

▼恐竜・古代生物▲

恐竜研究所へようこそ

モンゴルや中央アジアで恐竜発くつを行っている、林原自然科学博物館の発くつ作業の現場を、写真やイラストで説明している本。私たちが生まれる何万年も前に生きていた恐竜たちから、いったい何がわかるのでしょうか？

林原自然科学博物館●著
童心社　2007年　72ページ

▼地球・宇宙▲

宇宙探査ってどこまで進んでいる？

新型ロケット、月面基地建設、火星移住計画まで

地球以外の星ってどんな感じ？ 宇宙探査ってどうやるの？ 人類は今まで宇宙でどんなことをしてきて、これからどうなっていくの？ そんな疑問への答えがつまっています。宇宙について学んで、知識を大きく広げましょう！

寺薗淳也●著
誠文堂新光社　2019年　160ページ

▼恐竜・古代生物▲

イーダ

美しい化石になった小さなサルのものがたり

イーダと呼ばれる、世界で一番美しい化石になった子ザルの物語。四七〇〇万年前、この子ザルはどのような生活をし、なぜこの姿で化石となったのでしょうか？ 研究によってわかったことは？

ヨルン・フールム、トルシュタイン・ヘレヴェ●著
遠藤ゆかり●訳　創元社
2015年　64ページ

▼地球・宇宙▲

宇宙人に会いたい！

天文科学者が探る地球外生命のなぞ

宇宙人っているの？ 一九八三年にわし座のアルタイルに電波でメッセージを送った著者が、宇宙人の探し方や、宇宙と生命についてのなぞをわかりやすく教えてくれます。

平林久●著
学研プラス　2014年
160ページ

▼自然・植物▲

子供の科学サイエンスブック

アンモナイトと三葉虫

大むかしのヘンな生き物のヒミツ

アンモナイトと三葉虫という、古代を代表する生物の化石を集めた写真図鑑。今では目にすることのないヘンな生き物、古生物の世界へようこそ！ 実寸大の写真もあります。

子供の科学編集部●編
三笠市立博物館●協力
誠文堂新光社
2012年　96ページ

▼地球・宇宙▲

ノンフィクション知られざる世界

大望遠鏡「すばる」誕生物語

星空にかけた夢

巨大な望遠鏡「すばる」の完成までの様子を、プロジェクトの中心である筆者が語ります。著者が望遠鏡をつくる夢を絶対にあきらめなかったのはなぜ？ どうして夢がかなったのか、その理由は何だったのでしょう？

小平桂一●著
金の星社　1999年　174ページ

読みたいテーマ

動物

勇かんな動物やどじな動物など、いろいろな動物の物語や、人間と動物のふれ合いの物語など、動物が登場する楽しい本をしょうかいします。

『シャーロットのおくりもの』

ひとりぼっちだった子ブタのウィルバー
友達になってくれたのは、一ぴきの小さなクモだった

E・B・ホワイト ● 作
ガース・ウイリアムズ ● 絵
さくまゆみこ ● 訳
あすなろ書房　2001年
224ページ

ひとくちメモ

一九五二年にアメリカで発表され、長い間子どもたちに愛されてきた作品です。作者のE・B・ホワイトさんは、児童文学に力をつくした作家におくられる、ローラ・インガルス・ワイルダー賞を一九七〇年に受賞しています。この作品は、何度か映画化もされていますよ。

あらすじ

いなかの農場にくらす子ブタのウィルバーは、納屋の天井に巣をはっていたクモのシャーロットと友達になります。すくすく育つウィルバーですが、ある日、自分が何のために太らされているのか知ってしまいます。ウィルバーはクリスマスのころにはハムかベーコンにされてしまう！　殺されたくないと泣くウィルバーに、シャーロットは絶対助けると約束します。一ぴきのクモにウィルバーの運命を変えることができるのか？　かけがえのない友情や、生きること、死ぬことについて考えることができる一冊です。

この本を読むためのヒント

ファーン
ウィルバーを最初に育てた女の子。動物たちのおしゃべりがわかる。

シャーロット
農場の納屋(なや)に住んでいるクモ。

ウィルバー
農場にもらわれてきた子ブタ。

羊のおばさん
ウィルバーに「あんたはハムになる」と言った。

がちょうの一家
おしゃべりなおじさんとおばさん。七羽のひなもおしゃべり。

テンプルトン
いじわるで、ずるがしこいねずみ。

ザッカーマンさん
ウィルバーたちがいる農場の主人。

チェック! 次のページに、この本の読書感想文例があるよ!

こまったときの お助けポイント

1. ウィルバーは、どんな子ブタだったかな?
2. ウィルバーを助けるために行動するシャーロットのことを、きみはどう思ったかな?
3. シャーロットとウィルバーがはなればなれになったとき、きみはどう思ったかな?
4. シャーロットはウィルバーに、どんなおくりものをしたのかな?

原稿用紙3枚

読書感想文 例

『シャーロットのおくりもの』の感想文

数えきれないおくりもの

六年二組　柳沢　香奈世

　わたしは、この本を友達から教えてもらいました。友達が、「動物がたくさん出てきておもしろかったよ。」とすすめてくれたので、読んでみることにしました。
　この物語には、子ブタのウィルバーとクモのシャーロットの友情がえがかれています。シャーロットは、ウィルバーにいろいろなおくりものをしてあげます。
　おくりものの一つは、殺されそうになったウィルバーを助けたことです。シャーロット

使えるワザ！

「わたしは、この本を○○から教えてもらいました。」という言い方を使うと、本を人からしょうかいしてもらったことを説明する文が書ける。

はじめパターン

人からのしょうかい ＋ あらすじ

この本を読むことにしたきっかけと、物語の簡単なあらすじを書いている。

使えるワザ！

「一つは、～です。」「もう一つは、～です。」という言い方を使うと、同じことについて書いている二つの段落をうまくつなぐことができる。

はまず、ウィルバーにすくすくじょうぶに育つことを心がけるように言います。それから、自分の巣に、糸で「たいしたブタ」という字を書いたのです。これによって農場のザッカーマンさんは、ウィルバーを特別なブタだと信じ、ハムにすることをやめます。

わたしは初め、ウィルバーがすくすく育ったら、おいしそうに見えて、ハムにされる可能性が高くなってしまうのに、と思いました。でも、シャーロットの言うとおりに、くよくよせず、元気に育ったウィルバーは、ただおいしそうに太ったブタではなく、体がじょうぶで、すべすべの肌をした、立派なブタになりました。これに「たいしたブタ」という文字が加わって、みんながウィルバーを特別だと思ったと

自分の気持ちを書こう

なか①　気になったところ

印象に残った場面について説明している。

なか①　自分の考え

印象に残った場面について考えたことを書いている。ここでは、話の流れをふり返りながら、自分の気持ちがどのように変化していったかがよくわかるように書いている。

自分の気持ちを書こう

いうわけです。わたしは、シャーロットの計画は完ぺきだったんだ、と感心しました。そして、ウィルバーが殺されなくてよかったなと思いました。きっとシャーロットも同じ気持ちだったと思います。

もう一つのおくりものは、シャーロットの子どもたちです。シャーロットは、夏の終わりに、「ウィルバーをたすけてあげられる日も、もう長くはない。」と考えていました。わたしは、胸がどきんとしました。もしかして、シャーロットはもうすぐ死んでしまうのかなと思ったからです。シャーロットが死んでしまったら、ウィルバーはどれほど悲しむだろうと考えると、つらい気持ちになりました。だから、シャーロットが本当に死んでし

なか❷ 気になったところ

印象に残った場面について、「だれが」「どうした」がわかるように説明している。

◎使えるワザ！

気持ちの表現を工夫して具体的に書くと、読む人に伝わりやすい文章になる。

なか❷ 自分の考え

印象に残った場面について自分が思ったことを、話の流れに沿ってくわしく書いている。

まったときはとても悲しかったです。でも、シャーロットが残したたまごから子どもが誕生したときは、ウィルバーがまたひとりぼっちではなくなったので、「ありがとう、シャーロット！」とお礼を言いたくなりました。

　わたしは、シャーロットはウィルバーに、出会ったときからずっとおくりものをし続けていたのだと思いました。ひとりぼっちだったウィルバーに「お友だちになってあげる。」と言ったこと。落ちこんだり不安になったりするウィルバーをはげまし続けたこと。それら全部が、シャーロットからの「友情」というおくりものだったのだと思います。シャーロットは死んでしまったけれど、ウィルバーの心の中には、シャーロットからのおくりものがたくさんつまっていたから、ウィルバーはまた元気になれたのだと思います。

使えるワザ！

「　」を使って話しかけるように書くと、登場人物に対する気持ちが具体的に伝わる文になる。

おわりパターン

本を読んで強く感じたこと

物語全体を通して、特に強く感じたことを、わかりやすく書いている。

▼勇かんな動物の話▲

冒険者たち　ガンバと十五ひきの仲間

斎藤惇夫●作　薮内正幸●画
岩波書店　1982年　380ページ

「夢見が島」のネズミを助けるために、ドブネズミのガンバと個性豊かな十五ひきの仲間たちはイタチのノロイ一族と戦うことに。たくみに戦いをしかけてくるイタチにガンバたちはどうやって戦いをいどんだのでしょう？　ガンバの知恵と指導力、ネズミたちのチームワークとねばりがポイントです。

▼いじわる・どじな動物の話▲

どでかいワニの話　ロアルド・ダール コレクション8

アフリカの大きな泥んこの川にすむどでかいワニは、お昼ご飯に人間の子どもを食べようと、四つの作戦を立てます。けれど、どの作戦にもじゃまが入ってしまいます。そして、そんなワニを待っていた結末とは…。ワニの行いを通して、この本から読み取れることは？

ロアルド・ダール●著
クェンティン・ブレイク●絵
柳瀬尚紀●訳
評論社　2007年　61ページ

▼勇かんな動物の話▲

かたあしだちょうのエルフ

エルフはアフリカにすむ、勇かんで心やさしいだちょう。ライオンとたたかい片足を失いますが、子どもたちを守るため、やせ細った体で黒ひょうに立ち向かいます。片足になってからのエルフの気持ちを想像してみましょう。

おのきがく●文・絵
ポプラ社　1970年
32ページ

▼いじわる・どじな動物の話▲

イソップのお話

有名な『イソップ寓話集』より、「ウサギとカメ」「キツネとブドウ」「北風と太陽」などのよく知られている話からめずらしい話まで、三百編が収められています。先人からの人生の教訓があるかもしれません。

河野与一●編訳
岩波少年文庫
2000年
326ページ

▼勇かんな動物の話▲

片耳の大シカ

狩人たちは片耳の大シカをねらいますが、ある嵐の日、ほら穴の中でこの大シカたちに命を助けられます。シカをはじめとする動物たちのおおらかで、き然とした態度は、ごうまんな人間たちの目にどう映ったのでしょうか？

椋鳩十●著
偕成社
1975年
187ページ

▼いじわる・どじな動物の話▲

頭のうちどころが悪かった熊の話

頭をぶつけて、大切な妻を思い出せなくなった熊。キツネを食べた自分がきらいになったトラ。"意味"という言葉の意味を考え始めた鹿…。動物を主人公にした七つの物語。どの動物の行動や言葉が、心に残りましたか？

安東みきえ●作
下和田サチヨ●絵
理論社　2007年
136ページ

▼動物の気持ちになる話▲

ドリトル先生の動物園

ドリトル先生物語全集5

ヒュー・ロフティング●作
井伏鱒二●訳
岩波書店　1961年　288ページ

ドリトル先生はネズミ・クラブやリス・ホテル、雑種犬のホームなどがある楽しい動物の町をつくることに。そこで、ドリトル先生とトミー少年は、大金持ちの遺書をめぐる大事件に巻きこまれ、たいほされそうになります。先生たちは、この危機から無事に逃れることができるでしょうか？

▼動物のおもしろい話▲

ものいう動物たちのすみか

安房直子コレクション3

安房直子●作
北見葉胡●絵
偕成社　2004年　320ページ

野山にすむ、言葉を発して人間のようにふるまう動物たちと、人間の交流をえがいた作品集。いろいろな動物が登場し、おもしろい話や心温まる話、ドキッとするような話など、さまざまな物語がのっています。動物たちを身近に感じながら、想像を広げて読んでみましょう。

▼動物の気持ちになる話▲

ルドルフとイッパイアッテナ

まちがって東京に来たルドルフは、大きなネコ、イッパイアッテナに出会い、生きる知恵を教えてもらいます。きみの友達との友情に置きかえて、敵討ちをするルドルフの気持ちを考えてみましょう。

斉藤洋●作
杉浦範茂●絵
講談社　1987年
274ページ

▼動物のおもしろい話▲

ポッパーさんとペンギン・ファミリー

ポッパーさんの楽しみは、地球儀を片手に南極探検の本を読むこと。あるとき、ポッパーさんに荷物が届きます。中には、なんと本物のペンギン！　夢がかなったポッパーさんは、どんな気持ちになったのでしょう？

リチャード&フローレンス・アトウォーター●著　上田一生●訳
ロバート・ローソン●絵
文溪堂　1996年　184ページ

▼動物の気持ちになる話▲

こんぴら狗

江戸時代、自分で旅に出られない人に代わって飼い犬が金比羅宮をお参りする「こんぴら狗」という風習がありました。こんぴら狗として江戸からこんぴら参りに行く雑種犬ムツキの、波乱に満ちた旅の物語です。

今井恭子●作
いぬんこ●画
くもん出版
2017年
344ページ

▼動物のおもしろい話▲

新装版　しろくまだって

人間の言葉を話せる白クマの兄弟、マルクとカール。ある日、「人間の町へ行こう！」と家を出ます。着ぐるみを着た人間だとウソをつき、運送屋で働くとたちまち人気者に。似た者同士の二頭は、なぜこんなにゆかいなのでしょう？

斉藤洋●作
高畠純●絵
小峰書店
2014年
127ページ

読みたいテーマ

人間

人間の進化の歴史や体の仕組み、また「生きること、死ぬこと」など、命と人間をテーマにした本をしょうかいします。

『子どもだって哲学①　いのちってなんだろう』

「いのち」について考えたことがあるかな？
五人の先生といっしょに考えてみよう

中村桂子　金森俊朗
沼野尚美　高橋卓志
鷲田清一 ● 著
佼成出版社　2007年
204ページ

ひとくちメモ

「子どもだって哲学」は『いのちってなんだろう』を第一巻として、『自分ってなんだろう』『家族ってなんだろう』『愛ってなんだろう』『仕事ってなんだろう』がシリーズ本として続いています。自分や他人について、深く考えてみたい人におすすめの本です。

あらすじ

「いのち」とは、〝これがいのちです。〟と言って物のように取り出して見せることはできません。では、「いのち」とは何のことで、どんなときに感じるのでしょう。ある人は、いのちとは「心臓」だと言うかもしれない。そうとも言えるが、ちがうとも言える。またある人は、「赤ちゃんが生まれるとき」や「一生けんめいに何かに取り組んでいるとき」に感じると言うかもしれない。きみはどう思う？　そして、そんないのちは自分だけのものなのかな。五人の筆者がそれぞれの視点から「いのち」について考えます。自分自身について、身近なところから考えてみましょう！

この本を読むためのヒント

世界や人生などについて、考える学問が「哲学（てつがく）」です。

「人生」について哲学者の言葉を知ろう！

セネカ
「人生とは物語のようなものだ。重要なのは、どんなに長いかということではなく、どんなに良いかということだ。」

ルソー
「生きるとは呼吸（こきゅう）することではない。行動することだ。」

ベーコン
「人生は道路のようなものだ。一番の近道は、たいてい一番悪い道だ。」

チェック！ 次のページに、この本の読書感想文例があるよ！

こまったときのお助けポイント

1. 五人の筆者の中でいちばん、心に残ったのはどの筆者の話かな？
2. きみが「命」を感じるのはどんなときかな？
3. この本を読んでわかったのはどんなことかな？
4. 「命」について、きみはどんなことを考えたかな？

原稿用紙 2枚

読書感想文 例

『いのちってなんだろう』の感想文

命はつながっているもの

六年二組　小村　恵

「いのちってなんだろう」という本を読みました。去年、わたしの祖母がなくなって、顔にさわったら冷たかったのを覚えています。そのときは悲しいだけでしたが、今になって「死んじゃったら命は消えてしまうのかな。」と疑問がわいてきました。それで、この本を読むことにしました。

　この本は、大学の先生やお寺のお坊さんたちが「命」について考えたことをまとめている本です。わたしはその中でも、小学校の先

はじめパターン

興味のある内容 ＋ **あらすじ**

「それで、この本を読むことにしました。」という言い方で、本を読んだきっかけを自分の体験と関連づけて説明している。そして、どんな本なのかを簡単にまとめている。**「その中でも、～が心に残りました。」**と書いて、次の段落から始まる「なか」の内容とうまくつなげている。

生をしていた金森さんの話がわかりやすくて
心に残りました。
　金森先生は小学校で、生きたにわとりを自分たちで殺して、調理して食べる授業をしました。班の中で足や羽をおさえる人、にわとりの首を切る人と係を決めます。人間がほかの生き物の命をもらって生きているということを考えるための授業でした。わたしは想像しただけでこわくなって、残こくだと思いました。でも、わたしはふだんとり肉を食べるし、からあげが大好きです。いつもはスーパーでお母さんが肉を買ってくるから、にわとりを殺しているって気づかなかっただけだと思いました。にわとりだけじゃなく、たくさんの命をもらって生きているんだということ

なか①　気になったところ

心に残った話について書いている。ここでは、「どんな授業」をしたのかを説明している。

自分の気持ちを書こう

なか①　自分の考え

自分の気持ちの変化を説明しながら、自分の考えを書いている。

- **最初に思ったこと。**
- **自分の体験から気づいたこと。**
- **考えたこと。**

自分の気持ちを書こう

に気づいたら、先生の授業の意味がわかったような気がしました。そして、命はつながっているんだと思いました。

　わたしはこの本を読んで、「命とはつながっているもの。」だと考えました。ほかの生き物から命をもらって食べるというだけではありません。わたしは両親から命をもらって生まれてきました。両親はまたその両親から命をもらいました。祖母はなくなったけれど、わたしの命とつながっていると考えたら、すごいと思いました。わたしは、まわりのいろんな命に感謝したくなりました。

おわりパターン

本を読んで強く感じたこと

「命」についての自分の考えを書いている。**「わたしはこの本を読んで、〜と考えました。」**のあとに、自分の考えを具体的に説明している。

使えるワザ！

「わたしはこの本を読んで、〜と考えました。」という言い方を使うと自分の考えたことをまとめられる。

わたしが障害者じゃなくなる日

難病で動けなくてもふつうに生きられる世の中のつくりかた

海老原宏美●著　2019年
旬報社
150ページ

生まれつきの難病で人工呼吸器とともに生きる著者は、障害者への見方が変われば社会が変わり、障害者は障害者ではなくなるという考えをしめしています。社会が変わることと、あなたが考えること、できることとは、どうつながっているのでしょうか？

きみのからだのきたないもの学

キモチわる〜い編

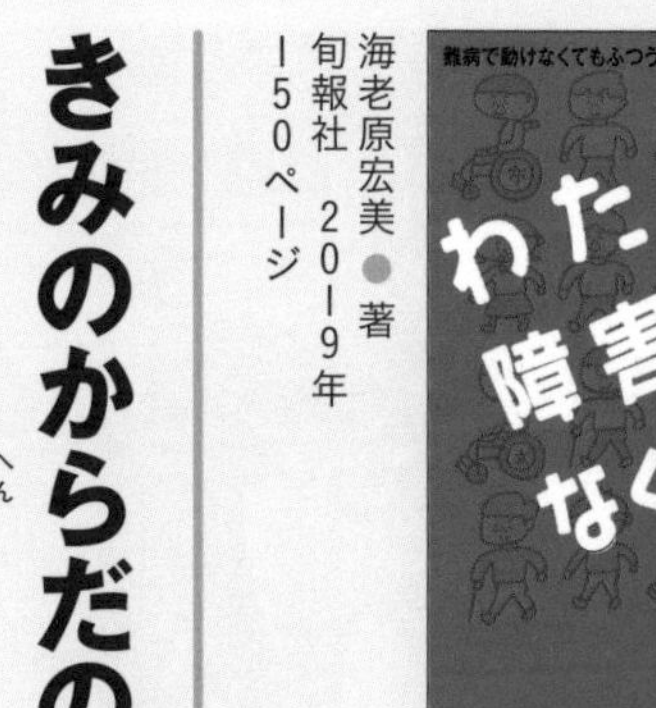

人間の体の中のきたないもの、脳ミソや水虫、うみなどについてくわしく書かれています。きたないと思っていた「ぐちゃぐちゃ」や「ねばねば」、「ぶつぶつ」なものは、きみの体にとってどのように必要なものだったのか、わかったことを書いてみましょう。

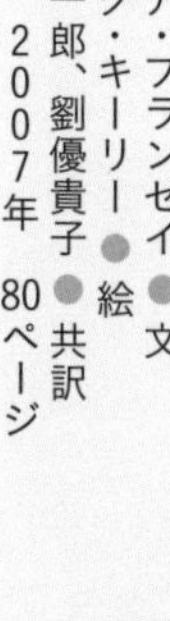

シルビア・ブランゼイ●文
ジャック・キーリー●絵
藤田紘一郎、劉優貴子●共訳
講談社　2007年　80ページ

二十一世紀に生きる君たちへ

司馬遼太郎●著　2001年
世界文化社
48ページ

作家の司馬遼太郎氏が二十一世紀を生きる子どもたちに向けて力強いメッセージをおくります。筆者はこれからの時代を生きぬく私たちに、何を伝えたかったのでしょう？　心に残った部分を書き出してみましょう。

いのる

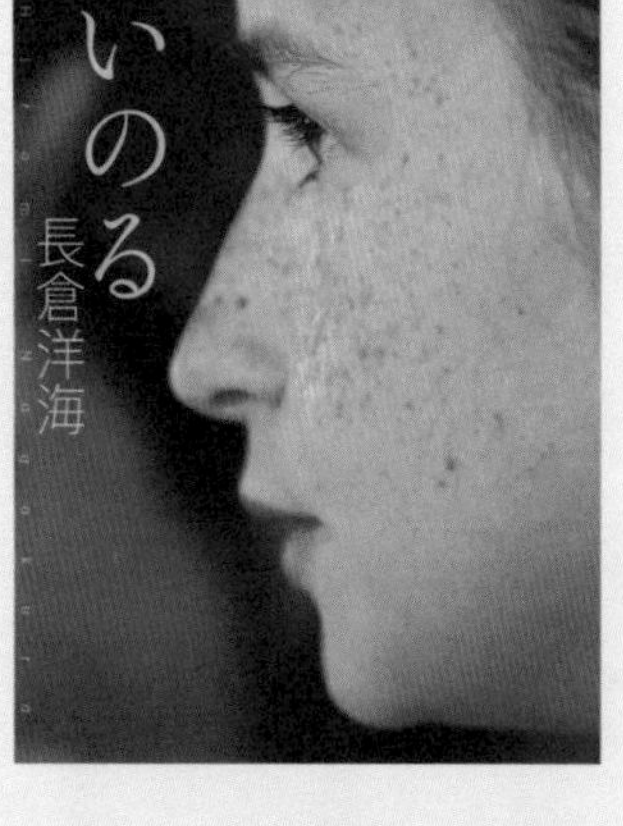

長倉洋海●著　2016年
アリス館
40ページ

人はなぜいのり、何をいのるのでしょうか。それは、人によっても場所によってもさまざま。そこには、人間の本質をかい間見ることができます。世界の紛争地を中心に取材し、生と死の現場を見てきた著者が写真と共に伝えます。

読みたいテーマ

日本と世界

さまざまな国の、生活の様子や文化のちがいなどについての本をしょうかいします。日本と世界とでは、どんなところがちがうのでしょうか？

『体験取材！ 世界の国ぐに―11 中国』

八千年の歴史、世界第一位の人口数
中国って、いったいどんな国なんだろう！

吉田忠正●文・写真
丹藤佳紀●監修
ポプラ社　2007年
72ページ

ひとくちメモ

『体験取材！ 世界の国ぐに』は、中国だけでなく、世界の国ぐにの様子を知ることができるシリーズ本です。外国の様子に興味を持ったら、ほかの国の本も探して読んでみてください。

あらすじ

日本に近く、そして、歴史的にもつながりの深い国、「中国」。そんな中国のことをどれくらい知っているかな？ 広大な土地に、世界第一位の人口数。きみと同じ年ぐらいの子どもはどんな生活をしているのでしょう。勉強は？ スポーツは？ 好きなことは？ 言葉や食事、行事についてだけでなく、都市と農村の暮らしを比べたり、学校生活や少数民族をしょうかいしたり、中国のいろいろな地域について知ることができる本です。中国の様子をたくさんの写真で見ることができます。さあ、日本と中国について考えてみましょう！

この本を読むためのヒント

同じ漢字を書いても、中国語と日本語では意味がちがう言葉があります。

	中国語	日本語
走	歩く・行く	走る
工作	仕事	物などを作ること
読書	勉強する	本を読むこと
湯	スープ	温度の高い水
前年	おととし	前の年

こまったときのお助けポイント

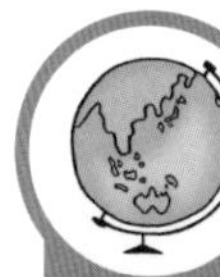

チェック！ 次のページに、この本の読書感想文例があるよ！

1. きみは、中国のどんなところに興味を持ったかな？
2. 中国の子どもたちと自分を比べてみよう。どんなことを感じたかな？
3. 中国について、初めて知ったこと、びっくりしたことなどはあったかな？
4. この本を読んで、わかったことは何かな？

原稿用紙3枚

読書感想文 例

『体験取材！ 世界の国ぐに―11 中国』の感想文

ニイハオ　チューツ　チェンミン！

六年二組　大森　和也

　クラスの友達が、九月からお父さんの転勤で中国へ行くことになりました。「中国ってどんな国なのかなあ、中国でうまくやれるかなあ。」と友達は少し心配そうでした。そんなとき、図書館の人に中国のことがわかる本を教えてもらいました。それが「体験取材！世界の国ぐに　中国」という本です。

　まず、一人っ子政策というのがあることを知りました。中国は国が大きく、人口は世界一です。これ以上、人が増えないようにと考

はじめパターン

人からのしょうかい

図書館の人に本をしょうかいしてもらったことを、「**〜に……のことがわかる本を教えてもらいました。**」という言い方で説明している。

使えるワザ！

「まず」「次に」「そして」「最後に」などを段落の初めに使うと、順序よく説明できる。

自分の気持ちを書こう

えられたのが一人っ子政策です。インターネットでくわしく調べてみたら、この政策は、二〇一五年になくなったと書いてありました。でも、中国では今も一人っ子が多いそうで、この本に出てきた韓雲さんという女の子も一人っ子でした。ぼくは三人兄弟なので、一人ってちょっとさみしいなと思いました。「でも、一人だと兄弟げんかもないし、おかしを分けて食べなくていいか！」とも思いました。
　次に、同じ年くらいの子たちがどんなふうにくらしているんだろうということに興味を持ちました。学校では、勉強だけでなく、クラブ活動や委員会活動もあります。習い事もあって、ぼくたちと似ています。もしかしたら、いじめもあるのかなあと思いました。ち

なか❶ 気になったところ
中国について初めて知ったことを書いている。ここでは、本からわかったことと、自分で調べたことをまとめて説明している。

なか❶ 自分の考え
自分のことと比べて思ったことを、「　」を使って書いている。

なか❷ 気になったところ
興味を持って読んだことについて書いている。

なか❷ 自分の考え
本に書いていないことを想像している。自分の体験を挙げて考えを説明している。

自分の気持ちを書こう

ょっと無視されたり、いやなあだ名で呼ばれたり、ぼくのクラスでもときどき問題になります。友達が心配しているのはそういうことだと思います。そんなところは、似ていないといいのになと思いました。

　そして、中国は日本と二千年ぐらいのつきあいがあることがわかりました。ずっと昔、日本は中国から稲作や漢字、学問、宗教や政治の制度などを教えてもらったようです。また、たくさんの留学生が中国へ勉強をしに行ったそうです。でも、明治時代のころから日本は、まわりの国をしんりゃくしようとしました。日本と中国の間で戦争が起きて、日本は中国の人を大勢殺したそうです。今、中国は、日本にとって大きな貿易国の一つになっ

なか③ 気になったところ

わかったことについて書いている。ここでは、日本と中国が「どんな関係」だったのかを説明している。

使えるワザ！

出来事や関係が変化したことをくわしく書くと、変化したことに対して、自分の考えが思いつきやすくなる。ここでは、「でも」の前後で変化したことを説明している。

ていると、政治ではうまく合意できない場合があることもわかりました。ぼくは、中国と日本の歴史を知って残念な気持ちになりました。昔のように、おたがいのいいところを教え合うような関係になれたらいいのになあと思いました。

　この本を読んで、特に心に残ったことは日本と中国の関係についてです。筆者は、中国に行って中国の人と話をしたり、ご飯を食べたりしないと理解しあえないと言っています。直接、会ってみるのが大事ということなのかなと思いました。この作文の題名は、「こんにちは。はじめまして！」という意味です。この言葉を友達に教えてあげようと思っています。そして、ぼくも近所の中国の人にあいさつをしてみようと思いました。もっと、中国のことを知りたいです。

自分の気持ちを書こう

なか③ 自分の考え

「～を知って、……な気持ちになりました。」という言い方でわかったことに対する自分の気持ちを説明している。

おわりパターン 本を読んで強く感じたこと

「なか」で書いたことの中から、特に印象の強いものについてもう一度考えを説明している。**「この本を読んで、特に心に残ったことは、～です。」**という言い方で筆者の意見も挙げながらまとめている。

受け継ぎ創る 食べごとの文化

日本人が昔から食べてきた
家庭料理のおいしさを再発見！

奥村彪生●文
上野直大●絵
農山漁村文化協会　2006年
32ページ

小学生の健太ともも子が筆者の奥村先生のアドバイスを受けながら、日本の伝統的な家庭料理の調理方法や味つけ、盛りつけなどについて学びます。毎日食べている家の食事と比べて、どこが同じで、どこがちがうのかな？ また、奥村先生の言う「食べごとの文化を受け継ぐ」とはどういうことなのか、考えてみましょう。

幸せとまずしさの教室

世界の子どものくらしから

石井光太●著
少年写真新聞社　2015年
144ページ

二〇一九年現在、世界の貧困人口は十億人以上。家がない子どもや、学校へ行けずに働かなければならない子どもが多くいるのです。そんな世界の実態を、著者の石井さんが授業の形で伝えます。幸せって何なのでしょうか？ きみはどう考えましたか？

覚えておくと一生役に立つ　わかもとの知恵

筒井康隆●著
きたやまようこ●画
金の星社　2001年
224ページ

日常生活の中で役に立つ健康や食事、遊びや勉強などの昔からの知恵が一〇二個書かれています。知っているものがいくつあったか挙げてみましょう。本の内容以外に、おじいさんやおばあさん、おうちの人などに生活に役立つ知恵はないか聞いてみても良いでしょう。

わくわく発見！ 世界の民族衣装

世界各地の文化や伝統、歴史を映し出す民族衣装から異文化理解を深める

竹永絵里 ● 画
河出書房新社　2017年
56ページ

世界には、風土や文化、伝統、宗教など、さまざまなものを表現する多種多様な民族衣装が存在します。この本では、世界四十五か国の美しい民族衣装が、カラフルなイラストでわかりやすく解説されています。同じシリーズに『世界の料理』『世界のお祭り』などもあります。

私の大好きな国 アフガニスタン

安井浩美 ● 著・写真
あかね書房　２００５年
１２７ページ

二十三年もの長い戦争が終わったアフガニスタン。戦争で多くの人が、家族や友達を亡くしました。この本に出てくるサブジナもその一人。でも「苦しくても自分の国が大好き」と語るのです。その言葉の意味を考えてみましょう。

ランドセルは海を越えて

内堀タケシ ● 写真・文
ポプラ社　２０１３年
41ページ

子どもが十分な教育を受けられていないアフガニスタンに、ランドセルと文具をおくる活動をしょうかいする写真絵本。日本では、学校に行くこと、勉強することはごく当たり前の日常の生活ですが、そうではない国もあります。きみはこの写真に何を感じましたか？

読みたいテーマ

仕事

世の中にはさまざまな仕事があります。きみは将来、どんな職業につきたいですか？　どんな生き方をするかを考えさせられるテーマでもあります。

『ぼくは恐竜探険家！』

化石はどこにあるの？　どうやって見つけるの？　むかわ竜を発掘した小林先生に教えてもらおう！

小林快次●著
講談社　2018年
191ページ

あらすじ

著者の小林快次先生は恐竜学者。数々の新発見をしたことから、「ハヤブサの目」の異名をもっています。そんな小林先生の恐竜学者としての経歴が、少年時代から現在まで回想されています。その内容は、おどろきと発見の連続。恐竜ファンはもちろん、だれが読んでも楽しめますよ。

こまったときのお助けポイント

1. 小林先生の言葉で、心に残ったものはあったかな？
2. 恐竜学者、小林先生のことをどんな人だと思ったかな？
3. 化石を見つけたとき、どんな気持ちになるんだろう？
4. きみは恐竜について、どんなことがわかったかな？

原稿用紙2枚

読書感想文 例

『ぼくは恐竜探険家！』の感想文

「ぼくは恐竜探険家！」を読んで

五年一組　広井　隆文

ぼくは、小さいころから恐竜が好きだ。恐竜図鑑はたくさん読んでいるし、いつか恐竜の化石を発見したい。だから、恐竜学者の小林先生が書いた本を見つけたときは、うれしくてすぐに読もうと思った。

小林先生は、ディノケイルスやむかわ竜などの化石を発掘した、ぼくのあこがれの人だ。研究者になるまでのことや、発掘のくわしい様子などがこの本に書いてある。その中で、特に心に残った先生の言葉がある。

はじめパターン

興味のある内容＋あらすじ

この本を読もうと思った理由を説明している。小さいころからの好きなものや、本を見つけたときの気持ちを理由に挙げている。また、どんな内容の本なのか、筆者のしょうかいをしながら、**「その中で、特に心に残った言葉がある。」**と書いて、「なか」につなげている。

それは、「あれほど、巨大で、謎にみちていて、奇妙な形をしている生物が、六六〇〇万年前までぼくらが暮らしているこの地球上をじっさいに闊歩していたのだ。想像しているだけで、じつに胸がおどる光景だ。」という言葉だ。ぼくは、この言葉と同じことを思っていたので、すっかりうれしくなってしまった。恐竜のどこが好きかと言えば、まさに恐竜が歩き回っていたことを想像しただけでわくわくしてくるところなんだ。しかも、その化石が土の中にうまっていると思うと、じっとしてはいられないような気持ちになる。

また、「必ず『ある』と信じること」という言葉も心に残った。これは、どこにあるかわからない化石を「ある」と想定して探す。

自分の気持ちを書こう

なか①　気になったところ

印象に残った筆者の言葉を、そのまま引用している。

なか①　自分の考え

印象に残った言葉について、思ったことを書いている。「〜**ので、うれしくなってしまった。**」という言い方をすると、うれしくなった理由を説明する文が書ける。

使えるワザ！

「わくわく」という擬態語や、「〜ような気持ち」というたとえの表現で、自分の気持ちを説明している。

自分の気持ちを書こう

そして、見つからなくてもここには化石がない、ということがわかったのだから、その分、他の場所で見つかる可能性が高まる、ということらしい。

最初は、意味がよくわからなかったけれど、見つからなかったとき落ちこまないように、自分をふるい立たせるための言葉だということがわかった。それくらい、発掘は大変なんだろうということもわかった。

ぼくは、大学で恐竜のことを学んで、化石を小林先生といっしょに発掘したい。先生が言うように、今はいろんな勉強や経験をして、そのときのためにがんばろうと思う。

なか❷ 気になったところ

なか❷ 自分の考え

印象に残った言葉について、考えたことを書いている。**「最初は、意味がよくわからなかったけれど、～ということがわかった。」**という言い方で考えを説明している。

おわりパターン これからどうしたいか

本を読んで思ったことを自分の夢につなげて書いている。そして、これから自分が夢をかなえるためにどうしようと思っているかを書いている。

ペンギンたちに会いたくて
わたしの南極研究記

加藤明子●著
くもん出版　2009年
128ページ

海洋動物の多くは、高い潜水能力をもっています。中には、二十分以上も水の中にもぐっていられるペンギンもいるのです。著者は、そんなペンギンの知られざる能力を、「データロガー」という電子記録計を使って調査、解明しています。その活動内容が、実体験のエピソードやカラー写真を交えてしょうかいされています。

ことばハンター
国語辞典はこうつくる

飯間浩明●著
ポプラ社　2019年
174ページ

「ことばハンター」と呼ばれる著者は、国語辞典編さん者。日々、新しいことばを探し、集めたことばをもとに、国語辞典の説明を書きます。ふだん、何気なく口にすることばの一つひとつは、どうやって辞書に選ばれ、どのように説明されているのでしょうか。「ことばハンター」が、ことばの世界のおく深さとおもしろさを教えてくれます。

ぼくは「つばめ」のデザイナー
九州新幹線800系誕生物語

新幹線「つばめ」がどのように誕生したのか、デザイナーである著者の少年時代からが書かれています。著者の「つばめ」へのデザインのこだわりは何？　デザイナーって、どんな仕事をする人なのでしょう？

水戸岡鋭治●著
講談社青い鳥文庫
2014年
184ページ

転んでも、大丈夫
ぼくが義足を作る理由

著者はスポーツ義足製作の第一人者。義足づくりにたずさわったきっかけや、さまざまな困難や苦しみを乗りこえて、義足の選手がパラリンピックに出場するまでの過程がえがかれています。その情熱は、読む人を勇気づけてくれます。

臼井二美男●著
ポプラ社　2016年
190ページ

子ぎつねヘレンがのこしたもの
森の獣医さんの動物日記2

目が見えず耳も聞こえないキタキツネのヘレンは、獣医の竹田津先生に介護されます。できるだけ安楽死を選びたくない先生の複雑な気持ちをきみはどう思う？　最後にヘレンは先生に何を伝えたかったのでしょう？

竹田津実●著
岩本久則●絵
偕成社　1999年
174ページ

星空を届けたい
出張プラネタリウム、はじめました！

科学館のプラネタリウムの仕事を通して、多くの人に天体の魅力を伝えていた著者は、入院などで外出できない人たちにも「星空を届けたい」と、移動式のプラネタリウムを始めました。その道のりをえがいた物語です。

髙橋真理子●文
早川世詩男●絵
ほるぷ出版　2018年
143ページ

読みたいテーマ

長く読みつがれてきた本

長い間人々に愛されてきた作品は、心に残るすばらしいものばかりです。日本の名作はもちろん、世界中で読まれている名作をしょうかいします。

『長くつ下のピッピ』

世界一強くて、世界一自由な女の子、ピッピ
いじめっ子もどろぼうも、ピッピにはかなわない!

アストリッド・リンドグレーン●作
大塚勇三●訳
岩波少年文庫　2000年
240ページ

あらすじ

ごたごた荘に住むピッピは、どんなときでも話したいことを話し、したいことをする、気ままで強い女の子。常識なんか知らない！　とパワフルに行動し、問題を起こしたり英雄になったり。うらやましくなっちゃうようなピッピの楽しい物語。今日は何が起こるのでしょう？

次のページに、この本の読書感想文例があるよ！

こまったときのお助けポイント

1. ピッピの様子や行動で、いちばんびっくりしたのはどんなことかな？
2. きみとピッピを比べて、似ているところ、ちがうところはどこかな？
3. もし、きみの家の近所にピッピが引っこしてきたら、どうするかな？
4. もし、きみがピッピのように強くて力持ちだったら、どんなことをしたいかな？

読書感想文 例

『長くつ下のピッピ』の感想文

原稿用紙2枚

ピッピ、友達になろうよ！

五年一組　荒井　さくら

「世界一つよい女の子」

これは、この本の表紙に書いてある言葉です。そして、表紙の真ん中には、大きなぼうしをかぶり、左右ちがう色のくつ下にぶかぶかのくつをはいた女の子が立っています。わたしは、ピッピが笑いかけてくれているような気がしました。

ピッピは、本当に強い女の子でした。あるときは、一人の小さな男の子をぶっていた五人の男の子を次々にかついで、木の枝にひっ

使えるワザ！
印象に残った文や登場人物の言葉を、感想文の最初に書くと、読む人を引きつけることができる。

はじめパターン
題名・表紙が気に入った
この本を読むきっかけとなった表紙について、書かれている言葉や、絵のことを説明し、それを見て自分が感じたことを書いている。

自分の気持ちを書こう

かけたり、垣根の向こうに放りこんだりして、あっという間にやっつけてしまいます。別の日には、ピッピを「子どもの家」に入れようとやってきた二人のおまわりさんを一度につかみ、ぶら下げて外の道へ連れ出してしまいます。わたしは、そんなピッピの行動に胸がすかっとして、自分もピッピみたいに力持ちになったような気分になりました。

　また、ピッピはとても勇かんな女の子でした。ある町で、ピッピは火事になっている家の屋根裏部屋から、二人の男の子を助け出そうとします。どうやって助けるのかなと思ったら、ピッピはなんと、長くて大きな板を持ったまま家の横の木に登り、そこから窓へ板をわたしたのです。そして、板をわたって屋

なか❶　気になったところ
主人公について印象に残ったことを、具体的な場面を挙げて説明している。

なか❶　自分の考え
印象に残った登場人物の行動について、自分が思ったことを書いている。

なか❷　気になったところ
主人公について印象に残ったことを、具体的な場面を挙げて説明している。

使えるワザ！
「なんと、～のです。」という言い方を使うと、その部分を読んで、自分がおどろいたことが伝わる文が書ける。

自分の気持ちを書こう

根裏部屋に飛びこみ、二人の男の子を両わきにかかえてらくらくと助け出します。わたしはびっくりして、ピッピにはこわいものなんかないんじゃないかなと思いました。わたしにも、ピッピみたいな勇気があったらなあと思いました。

　わたし自身は、ピッピのように強くて、勇かんで、おもしろい遊びをいっぱい思いつく女の子にはなれそうにないので、ピッピみたいな友達がほしいなと思いました。だから、これからもときどきこの本を開いて、ピッピに会いに行こうと思います。

なか❷
自分の考え
印象に残った登場人物の行動について、自分が思ったことを書いている。

◎使えるワザ！
「わたしは、○○のように〜ないので」という言い方を使うと、自分と主人公のちがうところを説明する文が書ける。

おわりパターン
自分と比べる
主人公と自分を比べて、ちがうと思ったところや、考えたことを書いている。

文庫版 怪人二十面相

江戸川乱歩●作
藤田新策●画
ポプラ社 2005年
246ページ

変装が得意で、二十の顔をもつ「二十面相」。貴重な美術品ばかりをねらい、予告状を送ってからぬすみに入る大怪盗です。その二十面相をつかまえるべく立ち上がったのが、日本一の名探偵明智小五郎と、少年助手の小林芳雄。知恵と知恵を戦わせた対決の行方は？　あなたが感心したのはだれのどんなアイデアでしたか？

銀河鉄道の夜

ジョバンニはケンタウル祭の夜、銀河を走る鉄道に乗ってカムパネルラと不思議な旅をします。ジョバンニはいったいどんな体験をしたのでしょうか？　表題の名作「銀河鉄道の夜」をふくむ全十二編の宮沢賢治の童話集です。

宮沢賢治●作
岩波少年文庫
2000年
234ページ

風の又三郎
宮沢賢治童話集2（新装版）

小さな村に転校してきた高田三郎は、伝説の風の子「又三郎」として子どもたちにむかえられます。又三郎に興味しんしんの子どもたちは、どんな様子だったかな？　又三郎は本当に風の子なのでしょうか？

宮沢賢治●作
太田大八●絵
講談社青い鳥文庫
2008年
224ページ

くもの糸・杜子春（新装版）
芥川龍之介短編集

昔、クモを助けたことがある犍陀多を地獄から助けようと、お釈迦様は一本のクモの糸をたらしますが、糸は途中で切れてしまいます。結局、人間はどうあるべきなのでしょうか？　名作をひとつひとつじっくり読んでみましょう。

芥川龍之介●著
百瀬義行●絵
講談社青い鳥文庫
2007年
240ページ

星の王子さま

砂漠に不時着した「僕」が出会ったのは、自分が住む星を後にして地球にたどり着いた王子さまでした。最後にキツネが言った「ものごとは、心で見なくてはよく見えない」というのはどういうことなのでしょうか？

サン＝テグジュペリ●著
河野万里子●訳
新潮文庫
2006年
158ページ

モモ

モモは、灰色の男たちにぬすまれた時間を人々に取り返します。めまぐるしく時間の流れる現代、本当に豊かな時間の使い方とは何なのか考えてみましょう。ところで、きみの時間は灰色の男たちにぬすまれていませんか？

ミヒャエル・エンデ●作・絵
大島かおり●訳
岩波書店　1976年
360ページ

床下の小人たち

人間から必要なものを借りて、床下にこっそり住む小人たちのお話。人間に姿を見られてはいけない小人たちのスリル満点の生活を、小人になったつもりで想像してみましょう。男の子と同じ立場になったつもりで書いてみてもいいですね。

メアリー・ノートン●作
林容吉●訳
岩波少年文庫
2000年
274ページ

読みたいテーマ

伝記

「伝記」とは、ある人物の一生のことを年代順に書き記したもののことです。さまざまな時代、場所、分野で活躍した人々の人生にせまってみましょう。

『あきらめないこと、それが冒険だ　エベレストに登るのも冒険、ゴミ拾いも冒険！』

頂上への思い、環境問題への取り組み、世界中をかけめぐる野口健さんの活動にせまる！

野口健●著
学研プラス　2006年
120ページ

あらすじ

一九九九年に最年少の記録で世界七大陸の最高峰に登ることに成功した野口健さん。現在は、エベレストや富士山などの清掃活動をはじめ、さまざまな環境問題にも取り組んでいます。そんな野口さんが、山に登るようになったきっかけ、現在までの活動を熱い気持ちとともに語ります。

こまったときのお助けポイント

1. 登山に夢中になり、さまざまな山に挑戦し続けてきた野口さんについて、どんなことを思ったかな？
2. さまざまな環境問題にも取り組んでいる野口さん。この活動についてどんなことを思ったかな？
3. 野口さんの行動で心に残ったのは、どんなことかな？
4. この本を読んで、わかったことは何かな？

読書感想文 例

『あきらめないこと、それが冒険だ』の感想文

原稿用紙 2 枚

自分の目標を見つけたい

五年一組　立川　洋平

　筆者の野口さんは登山家です。世界七大陸最高峰を最年少の記録で制覇しました。今は富士山やエベレストのゴミ拾いなどをして環境問題にも取り組んでいます。ぼくはこの本を読み終わったとき、野口さんのことが大好きになっていました。

　この本には、野口さんの子どものころからのことが書いてあります。野口さんが登山に出合ったのは高校生のときで、登山家の植村直己さんが書いた本を読んで登山に夢中にな

はじめパターン

読み終わった直後の感想 ＋ あらすじ

本を読み終わったときの人物に対する気持ちから書き始め、次にその人物が、「どんな人」なのかがわかるようにまとめている。

使えるワザ！

伝記の場合は、その人がどんな人物なのかを最初にしょうかいするとよい。

ります。そして、モンブランやキリマンジャロなどの高い山にどんどん登っていきます。野口さんが登った山の中で、ぼくは特に、マッキンリーに登ったときのことが心に残りました。

　マッキンリーは北アメリカにある山で、植村さんがそうなんして、命を落とした所です。野口さんも、途中でクレバスに落ちてもう少しで死ぬところでした。でも、植村さんがやっていた方法で、クレバスの底に落ちずにすみました。そのとき、野口さんは、「オーッとけもののようにさけびたい気持ちだった」そうです。そして、生きる喜びでいっぱいになって、ふだんのなやみなんかちっぽけなことだと思ったそうです。ぼくは、じいんとき

なか❶

気になったところ

印象に残った出来事について書いている。野口さんが「どんな場所」で「どんな体験」をしたのかを説明し、特に印象に残った野口さんの言葉をそのまま引用している。

使えるワザ！

本に書いてある文章を引用する（そのまま使う）ときには、「　」を使う。

自分の気持ちを書こう

て少しなみだが出そうになりました。ぼくのなやみなんて、ちっぽけなものなんだって思えたからです。野口さんの命がけの体験が、ぼくのなやみをふきとばしてくれたように思えました。

　ぼくはこの本を読んで、野口さんが自分のやろうと思ったことを最後まであきらめないで、やりとげるところがとてもかっこいいと思いました。野口さんが登山に夢中になったように、ぼくも自分の夢中になれるものを見つけて、最後までやりとげることのできる人になりたいです。

なか❶

自分の考え

印象に残った出来事を読んだときの自分の気持ちを書いている。

◎使えるワザ！

伝記のときに、「○○さんのように～」という表現を使うと、その人物を尊敬したり、あこがれたりする気持ちが伝わってくる。

おわりパターン

本を読んで強く感じたこと＋これからどうしたいか

人物に対する気持ちや、自分がこれからどうしたいかを考えてまとめている。

杉原千畝物語
命のビザをありがとう

六千人以上ものユダヤ人難民の命を救うため、入国許可のビザを発行した日本人外交官、杉原千畝の半生をえがいています。自分の立場や処分をかえりみず、人命を救うためだけに外務省の指示に背いてまでも、自分の決断で行動を起こした杉原千畝をきみはどう思うかな？　もし自分が彼と同じ立場だったらどうしますか？

杉原幸子、杉原弘樹●著
金の星社　1995年
159ページ

植村直己　地球冒険62万キロ

エベレストの最高峰登頂達成や北極圏の犬ぞり旅行などを行った冒険家・植村直己の物語。常に危険ととなり合わせでありながらも、彼はなぜ夢を追い続けたのでしょうか？　また、その夢を支えたものとは何だったのでしょう？

岡本文良●著
高田勲●絵
金の星社 フォア文庫
1990年
220ページ

星野道夫
アラスカのいのちを撮りつづけて

今なお多くのファンがいる写真家、星野道夫。一九九六年に亡くなるまで、アラスカを拠点にして野生動物や自然風景をとり続けました。その生涯が、星野さんがとった写真を交えてしょうかいされています。

国松俊英●著
PHP研究所
2016年
176ページ

さかなクンの一魚一会
まいにち夢中な人生！

テレビなどでもおなじみ、魚類に関する豊富な知識で〝魚博士〟として知られるさかなクンの自伝です。その生い立ちから現在まで、魚をはじめとする生き物との出合い、人との出会いなどが語りつくされています。

さかなクン●著・イラスト・題字
講談社　2016年
271ページ

マザー・テレサ
かぎりない愛の奉仕

人生をかけて、貧しい人々、病気に苦しむ人々に愛を注いだマザー・テレサ。「機内でスチュワーデスの手伝いをする」と申し出て、航空運賃を無料にしてもらうなど、おちゃめな一面も。彼女が伝えたかったこととは何でしょう？

沖守弘●作・写真
くもん出版　2002年
176ページ

ユージン・スミス
楽園へのあゆみ

人のかがやく姿をとり続けたフォト・ジャーナリスト、ユージン・スミス。危険にさらされながらも、戦争や水俣をとり続けたユージンの写真に対する考え方はどんなものだったかな？　きみはそんなユージンをどう思いましたか？

土方正志●著
偕成社　2006年
158ページ

レイチェル・カーソン
『沈黙の春』で地球の叫びを伝えた科学者

環境汚染のおそろしさを世界中に伝えたレイチェル・カーソン。ガンや病気と戦いながらも書き続けたレイチェル・カーソンの伝えたかったこととは？　今、私たちがしなければならないこととは何なのでしょうか。

ジンジャー・ワズワース●著
上遠恵子●訳
偕成社　1999年
198ページ

読みたいテーマ

歴史

ある時代に活やくした人物や、何百年も昔の出来事、身近な「もの」の誕生の話など、さまざまな歴史を楽しむことのできる本をしょうかいします。

『おもしろ謎解き「縄文」のヒミツ 1万3000年続いたオドロキの歴史』

これが私たちのご先祖さま？
縄文時代の人々のくらしを見てみよう

こんだあきこ、スソアキコ●著
武藤康弘●監修
小学館　2018年
160ページ

あらすじ

今からおよそ一万五千年前に始まったとされる縄文時代の人たちは、どんなくらしをしていたのでしょうか。縄文人が残したものを手がかりに調査・研究をしている人たちの話を聞きながら、そのなぞにせまります。日本人のルーツを知ることで、さまざまなものが見えてきますよ。

次のページに、この本の読書感想文例があるよ！

こまったときのお助けポイント

1. 縄文時代の人々について、どんなことがわかったかな？
2. 縄文時代のくらしで、どんなところがおもしろかったかな？
3. おもしろいな、気になるな、と思った土偶はあったかな？
4. 縄文時代と現代を比べてみると、どんなところがちがって、そこからどんなことが考えられるかな？

読書感想文 例

『おもしろ謎解き「縄文」のヒミツ』の感想文

原稿用紙2枚

土偶のことをもっと知りたい

六年一組　松田あおい

　わたしは、本の表紙の絵を見たとき、「何だこれ？」と思いました。宇宙人みたいで、おもしろい顔をしている、変な生き物みたいなものの絵がかいてあったからです。これが何かを知りたくて「おもしろ謎解き『縄文』のヒミツ」を読むことにしました。

　表紙の絵は、土偶というものでした。一万五千年前から三千年前、大昔の日本にくらしていた縄文時代の人たちが、ねん土を焼いて作ったものです。表紙に出ていた、おもしろ

はじめパターン
題名・表紙が気に入った

表紙の絵に興味をもって読み始めたことを説明している。「**～を知りたくて、～ことにしました。**」という言い方を使うと、**この本を読むこと**にした、本を読んだきっかけを説明する文が書ける。

なか①
気になったところ

印象に残ったことがらについて説明している。ここでは、「いつ」「だれが」「どうやって」土偶を作ったのか、「どんな」土偶があるのかをくわしく書いている。

自分の気持ちを書こう

い顔をしている土偶のほかにも、動物みたいなものや、マンガなどに出てくるかいじゅうみたいなものもあります。四十センチメートルくらいの大きなものや、一センチメートルくらいの小さなものなど、大きさもさまざまです。そんな土偶を見ていると、思わず笑ってしまいます。そして、ほんわかとした気分になってくるのです。土偶の表情がなんとも言えないからです。何かを考えているようなのに、とぼけた感じがするところがとてもおもしろいです。

　そして、土偶をじっくり見ているうちに、縄文時代の人たちが、どうして土偶を作ったのかを知りたくなりました。読み進めると、土偶は、縄文時代の人たちがいのりをささげ

使えるワザ!

科学の読み物や、伝記など本当の出来事が書かれているお話では、年代や、大きさなどを数字を使って説明するとわかりやすい。

なか❶ 自分の考え

特に印象に残ったことがらについて、思ったことを書いている。「**〜がとてもおもしろいです。**」という言い方を使うと、おもしろいと思ったところを説明する文が書ける。

なか❷ 気になったところ

なか❶の内容に続けて、印象に残ったことがらを書いている。

るためにも作ったものだということがわかりました。「病気になりませんように」「食べ物が見つかりますように」「赤ちゃんが無事に生まれますように」などの願いをこめていたそうです。

自分の気持ちを書こう

家族の健康や幸せをいのるのは、大昔も今も変わらないんだなと思いました。そして、縄(じょう)文(もん)時代の人たちのいのりがこめられているから、土偶を見ているとほんわかとした気持ちになるのかなとも思いました。

　この本を読んで、土偶のことだけでなく、縄文時代の人たちのことについても、もっと知りたくなりました。

◎ 使えるワザ！

本を読んでわかったことを書くときには、「〜そうです。」という言い方を使うとよい。

なか ❷ 自分の考え

印象(いんしょう)に残ったことがらについて、自分が思ったことを書いている。また、「**そして、**」と続けて、もう一つ思ったことを、なか❶で考えたことにつなげて説明している。

おわりパターン 本を読んで強く感じたこと

「**この本を読んで、**〜。」という言い方で、感じたことを説明している。

北欧に学ぶ小さなフェミニストの本

フェミニズムとは、男女平等をめざし、女性の権利を求める思想のことで、フェミニストとは、それを実現するためにはどうしたらいいか、考えて行動する人のこと。男女平等が最も進んでいる国の一つ、スウェーデンの事例から、権利や平等について考えてみましょう。

サッサ・ブーレグレーン●作
枇谷玲子●訳
岩崎書店　2018年
128ページ

クロティの秘密の日記

舞台は十九世紀、どれい制がしかれていたころのアメリカ・ヴァージニア州。どれいの少女、クロティがひそかにつづった日記形式の文章で、史実をもとにした当時の様子がえがかれています。自由がない世界で力強く生きるクロティの姿から、きみは何を感じるでしょうか？

パトリシア・C・マキサック●作
宮木陽子●訳
門内幸恵●画
くもん出版　2010年
288ページ

天と地を測った男 伊能忠敬

私たちが今見ている日本地図のもとになった地図を、自分の足で全国を歩いて作った伊能忠敬。五十歳で、「今からでもおそくない」と測量の旅に出た姿勢から、あきらめないことの大切さが学べます。

岡崎ひでたか●作
高田勲●画
くもん出版
2003年
256ページ

平安女子の楽しい！生活

平安時代の女の子たちも、今の女の子のようにおしゃれを競ったり、恋愛の話で盛り上がったりしていたの!? 今と昔のふだんの生活が比較できます。あなたの生活と比べてみると、どんなことが見えてきますか？

川村裕子●著
岩波書店
2014年
230ページ

三国志 (一) 英傑雄飛の巻

漢王朝末期の中国では、天下をとろうと各地から劉備、孫堅、曹操などの勇者が集まり暴れまわります。きみはどの勇者のどんな考え方に賛同するでしょうか？　好きな理由や出来事をおりまぜながら書いてもいいですね。

渡辺仙州●編・訳
偕成社　2005年
454ページ

知ってる？ 郵便のおもしろい歴史

郵便は便利なシステムです。でも今のようなしくみができたのは、歴史的にはごく最近のこと。郵便が生まれる前から今のように発展するまでなど、身近だけど意外と知らない郵便や通信についての理解が深まります。

郵政博物館●編著
少年写真新聞社
2018年
144ページ

読みたいテーマ

戦争

戦争を題材にした物語や、実際に起こった戦争について書かれた本など、戦争と平和について考えるきっかけになる本をしょうかいします。

『新版 ガラスのうさぎ』

「どんなことがあっても生きなければ、がんばらなくては！」

十二歳の少女、敏子が体験した戦争とは――

高木敏子 ● 作
武部本一郎 ● 画
金の星社　2000年
190ページ

ひとくちメモ

「ガラスのうさぎ」は、作者の高木敏子さんが戦争中に体験した出来事をつづったものです。命の尊さや平和の大切さ、戦争の悲しさを伝えるこの作品は、多くの人に読まれ、アニメ映画にもなりました。

あらすじ

敏子は、東京の下町で両親と二人の兄、二人の妹とくらしていました。しかし、昭和十六年に始まった戦争で両親と妹たちをなくします。兄たちは兵隊となって戦争に行っていたため、敏子は一人ぼっちになってしまうのです。それは、まだ敏子が十二歳のときでした。でも、敏子は悲しみにたえて強く生きていくことをちかいます。終戦後、やっと帰ってきた兄たちとようやく再会を果たしますが、敏子のきびしい生活はまだまだ続きました。きみも、敏子の体験から、命の尊さや平和の大切さ、戦争について考えてみましょう。

この本を読むためのヒント

敏子が体験した戦争と、敏子の家族について知りましょう。

敏子が体験した戦争

一九四一年～四五年の太平洋戦争。戦争の末期には、日本各地でアメリカによる空襲を受け、大きな被害が出た。

一九四五年

三月十日 東京大空襲
十万人以上がなくなり、東京の下町は焼け野原となる。

八月六日 広島に原爆投下

八月九日 長崎に原爆投下

八月十五日 終戦

敏子の家族

敏子
十二歳

父
ガラス工芸の工場を経営している。終戦の十日前に小型戦闘機にうたれてなくなる。

母
体が弱かったため、敏子を一人前にあつかい、たよりにする。東京大空襲で行方不明となる。

二人の兄
十六歳と十七歳のときに軍隊に入り、戦争後に無事もどる。

二人の妹
母といっしょに、行方不明となる。

チェック！ 次のページに、この本の読書感想文例があるよ！

こまったときのお助けポイント

1. 敏子を、どんな女の子だと思ったかな？
2. 家の焼けあとから出てきた「ガラスのうさぎ」を見て、どんなことを思ったかな？
3. この本を読んで、どの場面が印象に残ったかな？
4. 戦争について、きみはどんなことを考えたかな？

原稿用紙3枚

読書感想文例

『ガラスのうさぎ』の感想文

戦争って何だろう

六年一組　島村ゆきな

学校の授業で戦争について学習したことがきっかけで、「ガラスのうさぎ」という本を読みました。これは、作者の高木敏子さんが十二歳のときに体験した戦争のお話です。わたしと同い年の敏子さんが体験したことは、とてもつらく悲しいもので、戦争って何だろうと考えさせられました。

敏子さんは、疎開をしていた知り合いの家をはなれて、お父さんと二人で新しい生活を始めることになっていました。でも、その引

はじめパターン
興味のある内容
＋
あらすじ
＋
読み終わった直後の感想

本を読んだきっかけ、どんなお話か、読んだときの感想を三つの文で説明している。

使えるワザ！
「〜がきっかけで、「○○」という本を読みました。」という言い方を使うと、その本を読んだきっかけをわかりやすく説明できる。

自分の気持ちを書こう

っこしの日にお父さんは小型戦闘機にうたれてなくなり、敏子さんは一人ぼっちになってしまうのです。それでも、敏子さんは「わたしはどんなことがあっても生きなければ、がんばらなくては！」と、一人で生きる決意をします。この言葉を読んで、最初は、「敏子さんってすごい、とても強くてしっかりした子だなあ。もし自分だったら、敏子さんのように考えられるだろうか。」と思いました。でも、敏子さんががんばって生きようと考えることができたのは、家族のことを大切にしていたからではないかと思うようになりました。とつ然、命をうばわれてしまった家族のために、みんなの分までがんばって生きなければいけないと敏子さんは考えたのだと思います。

なか❶ 気になったところ

印象に残った場面について、「だれが」「どうした」がわかるように説明している。また、特に心に残った言葉を「　」を使って引用している。

使えるワザ！

「最初は、〜と思いました。でも、○○と思うようになりました。」という言い方を使うと自分の考えの変化をわかりやすく書ける。

なか❶ 自分の考え

印象に残った場面を読んだときの最初の気持ちと、その後に変化した自分の気持ちを説明している。

本当は、悲しくて心細かったはずだけど、大好きな家族への思いが敏子さんを強くさせたのだと思いました。戦争がなかったら、敏子さんはそんな思いをしなくてもよかったのにと考えると、敏子さんのことがかわいそうで仕方ありませんでした。

　もう一つ印象に残ったところがあります。それは、本の題名にもなっている「ガラスのうさぎ」の置物を、敏子さんが空襲で焼けた家のあとから見つける場面です。ガラスのうさぎはお父さんが作った物で、敏子さんの家の床の間にかざられていました。でも、空襲で起きた火事で、ガラスがとけてぐにゃぐにゃになっていたのです。敏子さんは、行方不明になっていたお母さんたちにどこかで生き

なか❷

気になったところ

まず、印象に残った場面について、「だれが」「何を」「どうした」がわかるようにまとめている。続けて、「ガラスのうさぎ」について、三つの文で場面の内容をくわしく説明している。

自分の気持ちを書こう

ていてほしいと願っていましたが、とけたガラスのうさぎを見たときあきらめの気持ちになるのです。そのときわたしは、敏子さんにとってガラスのうさぎは、悲しい記おくをよびおこす物になってしまうのだろうと思いました。なぜなら、ガラスのうさぎを見るたびに敏子さんは、家族の楽しい思い出よりも、空襲のはげしさを想像してしまうと思ったからです。でも、はげしい空襲にも負けずに残っていたガラスのうさぎのように、敏子さんに負けないでがんばってほしいと思いました。

　戦争は大勢の人の命をうばいます。そして大勢の人が敏子さんのようなつらい体験をするのです。「戦争というのは、どんな理由をつけようとも、やってはいけないのだ。」という敏子さんの言葉を、絶対に忘れてはいけないと思いました。

使えるワザ！

「なぜなら、～からです。」という言い方を使うと、理由を表す文が書ける。

なか❷　自分の考え

心に残った場面を読んだときに考えたことを、どうしてそう考えたのかという理由と合わせて説明している。

おわりパターン　本を読んで強く感じたこと

この本を読んで、強く感じ考えたことを文中の言葉を引用してまとめている。

ポプラポケット文庫　ノンフィクション

ハンナのかばん

アウシュビッツからのメッセージ（1）

ハンナは第二次世界大戦中、アウシュビッツのガス室で命をうばわれた少女。彼女の遺品のかばんと出合った日本人女性が、ハンナを探す旅に出かけます。ハンナとその家族の生き方を知って、何を感じましたか？

カレン・レビン●著
石岡史子●訳
ポプラ社　2006年
174ページ

ぼくの見た戦争

2003年イラク

二〇〇三年に始まったイラク戦争。筆者はアメリカ軍に同行し、戦場の最前線でその現実をさつえいし続けます。常に「死」ととなり合わせの日々。筆者や兵士たちは、「戦争」をどうとらえていたのでしょうか。

高橋邦典●写真・文
ポプラ社　2003年
56ページ

これから戦場に向かいます

二〇一二年に命を落としたジャーナリスト、山本美香さんが戦場のリアルをとらえた写真と文章で構成されています。山本さんが命をかけて伝えようとした、世界で起こっている現実にあなたは何を感じましたか？

山本美香●写真・文
ポプラ社
2016年
50ページ

地球の心はなに思う

表題の物語は「地球の心で世界の国のことを考えていかなくちゃって思う」と、異国の地で戦争と平和について考えられている作品です。六編の短編と一編の詩が収められています。作品を通して、戦争と平和についても話し合ってみましょう。

日本児童文学者協会●編
石庭美和●絵
新日本出版社
2007年
190ページ

紅玉

りんご畑がおそわれた。りんごを取っていたのは、川向こうの炭鉱で働かされていた朝鮮と中国の人たちだった…。父はどのような思いで彼らと向き合ったのか？　北海道の広大な自然の中で生きた農民から見た戦争の姿が描かれています。

後藤竜二●文
高田三郎●絵
新日本出版社
2005年
32ページ

武器より一冊の本をください

少女マララ・ユスフザイの祈り

二〇一四年にノーベル平和賞を受賞したマララ・ユスフザイさん。教育の必要性と平和への願いを全世界にうったえ、命を落としかけてもなお、活動を続けています。その主張から、平和について考えてみましょう。

ヴィヴィアナ・マッツァ●著
横山千里●訳
金の星社
2013年
184ページ

読みたいテーマ

環境問題

公害問題や自然破壊、これからの地球環境についてなど、環境問題を取り上げた本をしょうかいします。いま必要とされていることを考えてみましょう。

『100年後の水を守る 水ジャーナリストの20年』

人間が生きるために必要な水
水を守るためにできることは何だろう？

橋本淳司●著
文研出版 2015年
164ページ

あらすじ

著者は一九九〇年代後半、取材で訪れたバングラデシュで、猛毒であるヒ素に汚染された水を飲む生活をする人々に出会いました。それまで、水のよさやおいしさを伝える仕事をしていた著者は、その現実にショックを受けます。世界の水問題の実態にせまるノンフィクションです。

こまったときのお助けポイント

1. 水問題について、初めて知ったのはどんなことかな？
2. 安全な水が使えない国や地域があることについて、どう思ったかな？
3. 自分の水の使い方について、見直したいと思うことはあったかな？
4. 水問題や、その他の身近な環境問題についても考えてみよう。

読書感想文 例

『100年後の水を守る』の感想文

原稿用紙2枚

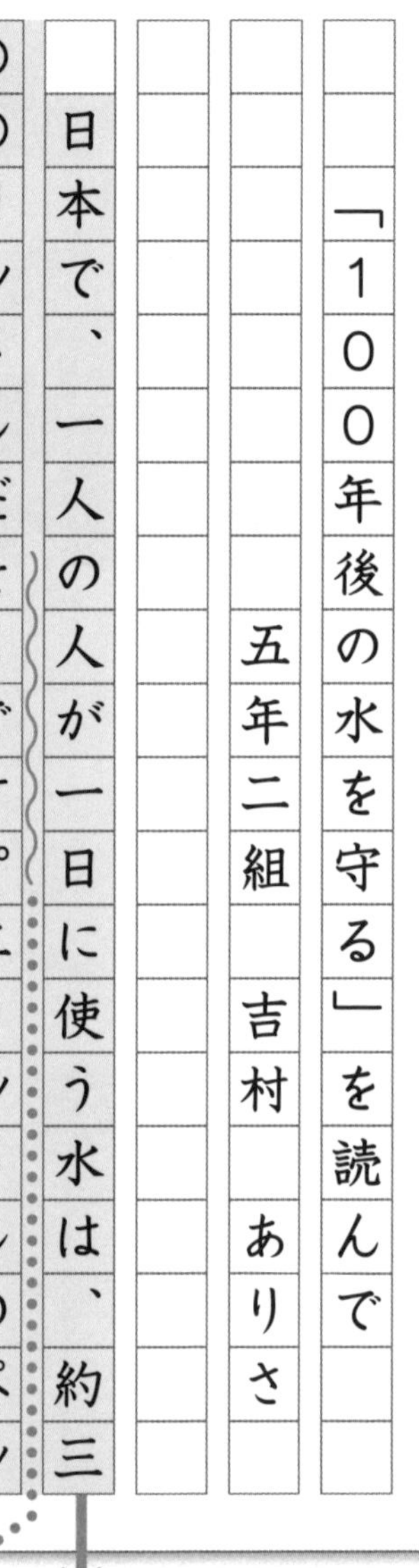

「100年後の水を守る」を読んで

五年二組　吉村　ありさ

　日本で、一人の人が一日に使う水は、約三〇〇リットルだそうです。二リットルのペットボトルで百五十本分です。この本を読んで、こんなにたくさんの水を使っているのに、今まで水について特に深く考えたことがなかった、ということに気付いてはっとしました。

　世界中に、安全な水を飲めない人が十億人以上もいるそうです。家に水道がなくて、遠い川まで水をくみに行く人や、工場から流される化学物質で、川の水が飲めなくなってし

はじめパターン

読み終わった直後の感想

「この本を読んで〜ということに気付いてはっとしました。」という言い方で、読み終わった直後の感想を説明している。

使えるワザ!

本を読んでわかったことを書くときには、「**〜そうです。**」という言い方を使うとよい。

なか①

気になったところ

印象に残ったことがらについてくわしく説明している。ここでは、「どんな人たち」が、安全な水を飲めないのかがわかるように説明している。

まった人たちです。日本では、一日にペットボトル百五十本分の水を使えるのに、安全な水を飲めない人が十億人もいるなんてショックでした。水はいつでも飲めて、当たり前のようにあるものだと思っていたからです。

　そして、筆者は水の大切さを伝えるために小学校で一人一日五〇リットルの水で生活するという授業（じゅぎょう）を行いました。でも、おふろだけで約一八〇リットルが必要です。これだと一日の水の量をすぐにこえてしまいます。そこで、みんなはどうすればいいかを話し合います。みんなの水を合わせておふろに入ろう、おふろはなしで体をタオルでふこう、ちょっとがまんしてトイレの水を流す回数をへらそうなどです。みんな、いろんな方法を思いつ

自分の気持ちを書こう

なか❶ 自分の考え

特に印象に残った部分について、思ったことを書いている。また、そう思った理由を書くと、自分の考えが伝わりやすくなる。

◎ 使えるワザ！

「〜からです。」という言い方を使うと、理由をわかりやすく説明することができる。

なか❷ 気になったところ

印象に残ったことがらについて説明している。筆者が水の大切さを伝えるためにした活動のことを具体的に書いている。

いてすごいなと思いました。わたしも考えてみたけれど、水を出しっぱなしにしない、勢いよく出さないなど、むだづかいをしないということしか思いつきませんでした。

　筆者は、水問題は人間の行動によって生まれる問題だと言っています。最初、この意味がよくわからなかったけど、この本を読んで水を使いすぎたり、よごしたりする人間の行動が原因だとわかりました。遠い国のことだと無関心になるのではなく、だれもが考えて行動していくべき問題だと意識して、水を大切に使っていきたいです。

自分の気持ちを書こう

なか❷

自分の考え

印象に残った部分について、自分が思ったことと考えたことを書いている。ここでは、水を節約する方法について、自分なりに考えたことを説明している。

おわりパターン

作者が伝えたかったこと
＋
これからどうしたいか

「**最初、意味がよくわからなかったけど、～ということだとわかりました。**」という言い方で、筆者の考えについて説明している。また、自分がこれからどうしたいかという思いを説明している。

春を待つ里山

原発事故にゆれるフクシマで

3・11の東日本大震災。原発事故後のフクシマを描いた写真によるノンフィクションです。文を書いた会田法行さんは言っています。「僕は自分の身体で目で見たことをみんなに伝えたい」と。あなたは原子力発電について何を思うでしょうか？

会田法行●文
山口明夏●写真
ポプラ社 2011年
95ページ

もうひとつの屋久島から

世界遺産の森が伝えたいこと

屋久島は一九九三年、日本で初めて世界自然遺産に登録されました。しかし、その十一年前まで島のいたるところで、広大な原生林がばっ採されていたのです。屋久島の歴史と現在、そして未来の課題について伝えるドキュメンタリーです。

武田剛●著
フレーベル館
2018年
192ページ

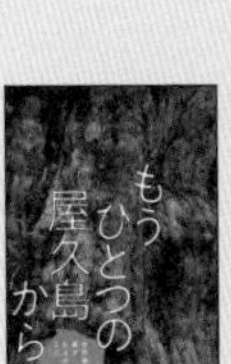

クジラのおなかからプラスチック

海洋プラスチックごみの問題は、年々深刻さを増しています。生態系へのえいきょうだけでなく、人間も食物連鎖の中でプラスチックを取りこむことが心配されているのです。世界が直面している重大な問題を、あなたはどう考えますか？

保坂直紀●著
旬報社 2018年
162ページ

コーヒー豆を追いかけて

地球が抱える問題が熱帯林で見えてくる

コーヒーの原料となる豆のことを調べると、様々な問題が見えてくると言われています。コーヒー豆がさいばいされている熱帯林の様子や、そこで生きる人たちの暮らしを研究する著者がわかりやすく解説しています。

原田一宏●著
ながおかえつこ●絵
くもん出版 2018年
112ページ

プラスチック惑星・地球

プラスチックは日々、大量に捨てられています。プラスチックごみにあふれた地球の姿を、森にくらすサルの親子の視点から見ていきます。どんなことを感じたか、自分には何ができるか、考え、まとめてみましょう。

藤原幸一●写真・文
ポプラ社 2019年
71ページ

人の心に木を植える

「森は海の恋人」30年

著者は、宮城県気仙沼市のカキ漁師。「森は海の恋人」の合言葉をかかげ、一九八九年から植林運動を続けています。森と川と海は深い関係で結びついていて、自然を守るためには、そこに暮らす人が優しい心をもつことが大切なのだと言います。

畠山重篤●著
スギヤマカナヨ●絵
講談社 2018年
206ページ

100年後の地球

人口は九十億人、必要なエネルギーは五倍といわれる、百年後の地球。私たちがエネルギーを消費することで、地球環境には今もさまざまな問題が起きています。自分の子どもや孫など、この先〝つないでいく命〟のために、あなたにできることは何でしょうか？

木元教子●文
谷口周郎●絵
エネルギーフォーラム
2003年 68ページ

※さくいんは 143 ページから始まります。

み

む

め

も

や

ゆ

よ

ら

り

る

れ

ろ

わ

作品名五十音順さくいん（つづき）

ブックガイドのページで、大きな文字になっている題名と対応しています。

作品名五十音順さくいん

企画・監修　**上條晴夫** かみじょう はるお

1957年、山梨県生まれ。山梨大学教育学部卒業。小学校教師・児童ノンフィクション作家を経て、教育ライターとなる。現在、東北福祉大学教育学部教授。Webマガジン「リフレクションLab」代表として、多様な子どもたちに向けた教材開発、ワークショップ型授業の提案などさまざまな活動を行う。「学習ゲーム研究会」代表。「実践！ 作文研究会」代表。「お笑い教師同盟」代表。著書に『書けない子をなくす作文指導のコツとネタ』（学事出版）、『図解 よくわかる授業上達法』（学陽書房） など多数。

イラスト　アサミナオ
デザイン　ヨツモトユキ
レイアウト・DTP　三浦悟・本田理恵（Trap）
編集協力　梨子木志津・藤沢三毅（カラビナ）／板谷路子／武藤久実子
校正　くすのき舎

掲載出版社
（敬称略、五十音順）
あかね書房／あすなろ書房／アリス館／岩崎書店／岩波書店／WAVE出版／エネルギーフォーラム／偕成社／学研プラス／KADOKAWA／河出書房新社／金の星社／くもん出版／佼成出版社／講談社／小峰書店／さ・え・ら書房／集英社／旬報社／小学館／少年写真新聞社／新潮社／新日本出版社／誠文堂新光社／世界文化社／創元社／大日本図書／汐文社／童心社／童話屋／徳間書店／農山漁村文化協会／早川書房／原書房／PHP研究所／ビジネス社／評論社／福音館書店／フレーベル館／文溪堂／文研出版／ポプラ社／ほるぷ出版／理論社

ブックガイドでは、学校や地域の図書館で借りることも前提にしています。
そのため、現在入手できない作品が掲載されていることもあります。あらかじめご了承ください。

小学5・6年生　スラスラ書ける読書感想文

2021年7月10日　第1刷発行
2022年6月20日　第3刷発行

企画・監修　上條晴夫
発行者　永岡純一
発行所　株式会社永岡書店
〒176-8518 東京都練馬区豊玉上1-7-14
03-3992-5155（代表）03-3992-7191（編集）
印刷　横山印刷
製本　新寿堂

ISBN978-4-522-43792-6　C8090